PISADAS EN LA ARENA

NOVELA

Juan Carlos

GEREMÍAS VIERA

ISBN: 978-0-244-85190-3

"Algo, poco – una pisada en la arena – quedará de

nosotros, de los cuarenta años de esperanza y

empeño..."

Carlos Quijano

UNO

Laura Milano resistió al impulso de destruir los papeles y se sorprendió pensando que aquella lectura era un desafío al destino. El maldito había escrito una versión falsa de su vida para que se convirtiera en una profecía, para que las vicisitudes realmente ocurrieran.

Leyó las frases por undécima vez y se preguntó por qué había acudido a aquella casa. Estaba siguiendo el libreto como si fueran instrucciones que no pudiera desobedecer. Debajo del título "Pisadas en la arena – Tratamiento", en formato de guion cinematográfico estaba escrito:

"1) EXTERIOR – PLAYA DE UN BALNEARIO CERCANO A MONTEVIDEO – ATARDECER

Una mujer mayor de cincuenta, Carla, contempla el crepúsculo sobre el mar, de pie desde el jardín de su casa. Antes de que el sol toque el horizonte se coloca un pareo sobre la malla e ingresa a la vivienda. Quedan nítidas las marcas de sus pisadas en la arena húmeda."

Laura deja de leer y se observa, de pie desde el jardín de su casa, contemplando la puesta de sol y el mar. Se pregunta por qué el maldito no eligió su nombre para su proyecto de película. Para no tener la sensación de estar obedeciendo las líneas del guión, se alejó hacia la franja húmeda de la costa, evitando tejer hipótesis sobre qué debería estar pensando el personaje de Carla, su doble. Era muy probable que si se lo preguntaba, el maldito le respondiera con unas frases que resumirían todo el caudal de su conciencia en unas pocas palabras casi exactas.

Sin que fuera un acto de voluntad, sino un inevitable movimiento resultado de la concatenación de leyes de la naturaleza, se vuelve a contemplar las huellas de sus pisadas sobre la arena húmeda. Se estremece al sentir lo que siempre sólo ha comprendido: aquellos surcos que van perdiendo su forma rápidamente son más de lo que queda de todo lo que ha sido su vida.

No puede evitar un suspiro. Quisiera sentarse en la arena y pensar. Pero teme lo que puede aparecerse en su mente. Como si fuera un destino ineludible, emprende el regreso a la casa y se imagina caminando hacia la heladera. Eso es lo que suele hacer y no quiere cambiar sus hábitos porque el maldito los haya escrito.

Se le ocurre que a Layo y a Yocasta les ocurrió lo que deseaban impedir, por querer eludirlo. Esa idea le permite ensayar una sonrisa: no tratará de evitar las predicciones de Atila y no tendrá que padecer las consecuencias.

Antes de que el sol toque el horizonte se coloca un pareo sobre la malla e ingresa a la vivienda. Sabe que han quedado nítidas las marcas de sus pisadas en la arena húmeda.

Laura camina hacia la heladera, la abre, saca una botella de refresco (en la heladera hay una botella de champán) y se sirve en un vaso que toma de un mueble. Desde una de las habitaciones cerradas llega un sonido. Laura abre la puerta de la misma sin demostrar alarma. Antes de que pueda ingresar salen dos hombres encañonándola con armas de fuego. Le piden que se siente y que no se alarme que no la buscan a ella sino al hombre que está esperando.

Laura, con gesto de cansancio, toma el manuscrito del guión y se lo entrega a uno de los hombres. Sonríe.

— Tal vez sería bueno que leyeran esto — sugiere sin dar explicaciones.

El hombre más joven extiende su mano y acepta los papeles. Su ceño se ha fruncido y su gesto expresa violencia contenida. No obstante, su mirada recorre rápidamente las líneas impresas. Unos momentos más tarde, su gesto se transforma súbitamente.

Busca los ojos de Laura con una mirada interrogativa, pero ella se encoge de hombros y no dice nada. El hombre lee:

"2) INTERIOR – CASA DE BALNEARIO DE CARLA – ATARDECER

Carla camina hacia la heladera; la abre, saca una botella de refresco (en la heladera hay una botella de champagne) y se sirve en un vaso que toma de un mueble. Desde una de las habitaciones cerradas llega un sonido. Ella abre la puerta de la misma sin demostrar alarma. Antes de que pueda ingresar salen dos hombres encañonándola con armas de fuego. Le piden que se siente y que no se alarme, que no la buscan a ella sino al hombre que está esperando. Uno es bajo y de aspecto latino y el otro alto, rubio, anglosajón. Al ver que ella no muestra temor y sonríe, el rubio la interroga, con acento "yanqui", sobre qué es lo que encuentra divertido. El otro menciona que la deje en paz, que son los nervios. Ella, a su vez, pregunta si son de la CIA o de otro servicio secreto. El latino responde que se trata de una empresa privada contratada por un alto organismo de seguridad del gobierno norteamericano, y que están combatiendo al terrorismo. El rubio agrega que saben que se encontrará con ella porque lo han seguido desde que lo localizaron en Brasil y tienen "intervenido" su celular. El latino informa que, al tomar un avión en Madrid, una cámara del aeropuerto lo fotografió y un programa de informática lo identificó como un terrorista internacional, buscado desde hace mucho. El latino dice que no le van a dar más información, pues se verían obligados a matarla. Agrega que su empresa tiene contrato con el gobierno por tres años y que aunque haya ganado Obama todo seguirá igual, tal vez mejor. El rubio le sonríe, y busca en los armarios. Encuentra *grappa* con limón, se sirve y se atora. Luego dice que esperarán a que aparezca el tal ATILA. El latino sugiere que disparen apenas entre porque Atila es considerado "altamente peligroso" debido a que mató un agente de la CIA en Nicaragua. Carla se ríe."

— Usted no se llama Carla – dice el hombre rubio, como si ese detalle pudiera desmentir la coincidencia de todo el resto.

— Esto fue escrito por Atila – dice, mostrando una sonrisa hipócrita. — ¿Es una broma que nos tenía preparada, verdad?

— Tal vez – responde Laura sin mirarlo, como si la conversación hubiera perdido todo interés para ella. – Sería interesante determinar quién o quiénes son los destinatarios de la misma. Si lo supiéramos, podríamos saber si lo escrito se cumplirá como parece inevitable, pues se trata de una trampa que no podremos eludir.

— ¿Estás diciendo que Atila nos ha tendido una trampa? ¿Y que tú sos el cebo?

— Eso sería muy burdo para Atila. Si lo conoces, tienes que saber que es un tipo intrincadamente sofisticado. Perdón, pero no se me ocurre otra manera de definirlo.

— No lo conozco. Sólo me han dado unos pocos datos sobre él y sobre sus acciones. ¿Por qué no me lo explicas?

— ¿Te has dado cuenta de que escribió que no iba a tener miedo y eso es así? Pensarás que soy una mujer valiente, pero no es cierto. Soy una cagona. Me asustan los perros y las lechuzas. Grito si alguna persona se me acerca demasiado. Pero ahora no tengo miedo. No puedo fingirlo para desmentir sus palabras: no lo siento. Su conocimiento de las personas es tan profundo que puede anticipar hasta nuestras emociones. Tal vez hacemos lo que escribe como si fuera una orden y me ha convencido de que su poder sobre mí se esfuma si no les temo.

— Deberías temernos. Podemos hacerte daño sólo para divertirnos.

— Estoy segura de que no lo harían. Lo hubiera escrito

— Tengo ganas de lastimarte sólo para que veas que puede equivocarse. – El hombre joven y rubio tomó su arma, pero el más viejo lo asió del brazo y se lo apretó hasta que no pudo evitar un gesto de dolor.

— No cometas tonterías. Dejó esos papeles para controlarnos antes de llegar. Debemos evitar satisfacer sus propósitos.

El rubio quedó pensativo. Luego dijo:

— Tienes razón. Me han dado ganas de matarte. Pero eso es lo que él querría.

— No deberíamos leer esos papeles. Nos quiere alterar.

— Yo me ocuparé de eso – dijo Laura – Ya lo hice una vez y ahora es mejor que sepa exactamente todo lo que dicen y no recordarlo nebulosamente.

DOS

Leyó:

"3) EXTERIOR– CIUDAD RIOPLATENSE – DÍA

Una toma panorámica de una ciudad: vistas móviles de Colonia, Montevideo, Minas, San José, Piriápolis y La Paloma, combinando imágenes portuarias, playas, plazas, puentes y paisajes serranos. Se ve la Torre de las Comunicaciones y hay un acercamiento hacia alguna de las ventanas del edificio.

4) INTERIOR — OFICINA DE EMPRESA ESTATAL DE TELÉFONOS – DÍA

"Con algún detalle anacrónico en su indumentaria, VÍCTOR LENOIR, un hombre mayor de cincuenta años, uniformado con una túnica, identificado como funcionario por un cartelito en el bolsillo con su nombre y cargo, deambula portando una taza de café entre un conjunto de escritorios dotados con computadoras de última generación y otros instrumentos tecnológicos relacionados con la comunicación. Sendos funcionarios ocupan los mismos sin prestarle atención, concentrados en sus tareas. Víctor se sienta, deja el café en el escritorio después de beber un sorbo, se inclina sobre una pantalla y teclea en su computadora. Pasados unos momentos profiere un insulto y llama por su nombre (ELPIDIO) a otro funcionario más joven, preguntando cómo tiene que hacer para borrar "una cagada". Mientras el otro trabaja en la máquina de Víctor, éste se alegra de que ya no se use papel porque la oficina estaría mugrienta. Se lamenta de que antes era "dueño de su tarea", que podía dominarla y que ahora es sólo un apéndice de la "ordenadora". Ante el silencio de los otros explica que se siente amenazado por el futuro, considera que la crisis financiera mundial puede tener malas consecuencias y, entre ellas, que pierda su trabajo. Dice que su tarea es tan rutinaria y superflua que se siente un desocupado y anuncia que saldrá a fumar un cigarrillo para bajar el café. Termina éste de un trago. En esos momentos suena su celular y, de sus palabras, se deduce que es una llamada de su hijo. Este le dice que alguien cuyo nombre es ATILA llamó al teléfono fijo de la casa desde Barcelona y quiere saber su número de celular. Víctor responde que se lo dé. Le pregunta a su hijo qué quiere por la molestia y el chico contesta que quiere dinero para ir a un "toque" de los "Sepultureros del rock" y para comprarse unos "porros". Víctor responde afirmativamente, demostrando que no ha prestado atención a las palabras de su hijo. Se lo ve como un sonámbulo. Camina de regreso hacia su oficina sin haber encendido su cigarrillo y suena entonces su celular. Es Atila quien le anuncia que ha sido despedido de su empleo en la agencia de publicidad donde trabajaba porque la misma quebró como consecuencia de la crisis financiera. Le informa de que regresará al país. Luego le pide un favor, que trate de recuperar el cuento que cambió su vida. También le pide que anuncie su regreso a la vieja "barra" de amigos para reunirse nuevamente como en los viejos tiempos. Le dice, riendo, que tal vez fuera bueno que leyeran juntos el relato porque hablaba de cómo liderar una revolución triunfante y eso tal vez se pusiera de moda por causa de la crisis."

Laura miró a los dos hombres. Clavó su mirada verde y profunda en sus ojos vacuos y los inquietó. Se rió con ganas.

— Víctor nunca me ha contado nada sobre esta conversación pero tengo la falsa idea de que recuerdo la voz de Atila hablando de la revolución socialista.

— ¿Quién es Víctor? – Preguntó el hombre mayor — ¿También pertenece a la organización terrorista?

Laura lo miró con un gesto de auténtica sorpresa.

— ¿De verdad cree que Atila pertenece a una organización terrorista? ¿No lo están siguiendo por deudas de juego? ¿No los ha contratado un esposo engañado? Pueden decirme la verdad. Se habrán dado cuenta de que Atila puede ser peligroso, pero no para el sistema capitalista. Es un transgresor, pero se somete a las reglas de juego que le convienen. Es demasiado individualista para participar en cualquier actividad colectiva.

— Sin embargo, tuvo que escapar del país por sus ideas subversivas.

— Sus ideas son subversivas, pero es en la práctica donde el hombre tiene que demostrar la verdad, es decir, la realidad y el poderío, la terrenalidad de su pensamiento. Eso decía un pensador del siglo diecinueve, alguien muy importante. Pero es verdad no porque él lo dijera, sino porque es tan evidente, que estoy charlando con ustedes sólo porque están armados y tienen más fuerza física que yo. ¿No es verdad? ¿O creen que me simpatizan?

— Señora, no vamos a discutir con usted. No vinimos a eso. Tampoco vamos a discutir las órdenes que nos han dado: cumpliremos con nuestra misión y nos iremos. Si hay un error, que lo arreglen nuestros jefes.

— Tal vez deberíamos tratar de ratificar lo que nos han dicho. Al jefe no le gustaría tener que solucionar un lío innecesariamente.

— Entonces, llama a la oficina central. ¿No te parece?

— Tal vez deberían leer este guión. Ahí está demostrado que están incurriendo en un grave error.

Los hombres se miraron y una sombra de temor cruzó por sus ojos, enturbiándolos. El mayor tomó el guión que Laura había dejado sobre la mesa.

— Yo me ocuparé de esto. Tú, comunícate con la oficina.

Se sentó y comenzó a leer desde el principio. Al llegar a la página tres:

"5) INTERIOR — CONSULTORIO DE UNA PSIQUIATRA (CARLA) — DÍA

La puerta de un consultorio en la que se puede leer "Doctora Carla Mochuelo, médico psiquiatra", se abre y salen: una mujer de túnica blanca y un paciente. Se despiden. La despedida es interrumpida por el sonido característico de un mensaje de texto del celular de la doctora. El paciente se retira. Ella lee y ello le provoca agitación, y notorias reacciones emocionales no muy definidas. Llama a Víctor, quien le enviara el mensaje, para confirmar lo que este le ha comunicado. Quiere saber si es cierto que Fernando, el apodado Atila, regresará al país. Luego llama a su casa y pide a la persona que atiende que la comunique con su esposo. Cuando este la atiende le anuncia con gran alarma que regresa el famoso Atila."

El hombre levantó la mirada del papel y le dirigió una mueca que quiso ser una sonrisa irónica.

— Víctor imprimió una copia para cada uno de los involucrados. Tal vez ahora están alarmados pensando que estoy siendo secuestrada por unos mercenarios y se habrán puesto en camino. Por lo menos Atila.

— Si eso es cierto, sería muy beneficioso para los involucrados. Nos evitaría disgustos a todos y, especialmente, a usted.

En ese momento sonó el celular de Laura y todos quedaron paralizados, en silencio, mirando fijamente al aparato. Laura estiró el brazo y lo tomó.

— Es un mensaje de texto. – Explicó, como si tuviera que hacerlo.

— Es mi hermano Darío. Dice que viene en camino. – Le tendió el celular al hombre mayor que leyó y asintió con la cabeza.

El otro se encogió de hombros y volvió a intentar la comunicación con la oficina central.

En ese momento, Darío aprovechó que había luces en la carretera y detuvo el auto. Había tenido una vaga premonición y quiso constatar si lo que recordaba del guión era lo mismo que le traía su memoria. Era exacto su recuerdo, pero su nombre fue cambiado por el de Dante. Y aparece Beatriz con el nombre de Eloísa. La lectura lo atrapa como si fuera una novela policial.

"6) INTERIOR – ESCENARIO Y PLATEA DE UN TEATRO — DÍA

La doctora entra a la sala de teatro vacía y se sienta en primera fila. En el escenario hay una pareja ensayando. El personaje masculino es un hombre recio: un gaucho. La mujer es una china que tiene mucho temple. Es una escena de una posible adaptación de la novela Soledad, de Eduardo Acevedo Díaz. Cuando la escena termina el gaucho se acerca a la psiquiatra y demuestra su asombro por verla, después de mucho tiempo. La doctora explica que no andará con vueltas y le cuenta que su viejo amigo, FERNANDO PARRA, el llamado Atila, ha decidido volver, que quiere reunirse con ellos y recuperar su obra: aquel cuento que lo obligó a exiliarse y cambió su vida. DANTE, el actor, le sonríe y le dice que debería alegrarse, pues podrán cumplir los deseos de Atila. Cambia el trato formal y se dirige a ella como hermanita. Le recuerda que no pueden volver a buscar el cuento, que el padre de la profesora ELOÍSA lo ha perdido. Sin embargo, es seguro que, aunque lo haya escrito, Atila sólo lo leyó un par de veces y que, con lo que les ha contado y los fragmentos recordados en sus cartas, su hijo HORACIO, escritor y publicitario, podrá reconstruirlo. Por lo menos, elaborará una historia que se parecerá a lo escrito por el amigo y podrán celebrar su regreso. Carla le menciona a Dante que su esposo le ha preguntado por qué darle tanta importancia a Atila y que ella ha respondido que siempre los recibió maravillosamente cuando viajaron a Europa y que los cinco de la "barra" se juramentaron mantenerse en contacto hasta la muerte como si fueran de una secta secreta. Ella agregó que quieren mantener el último vestigio de misticismo que les queda de las ilusiones que cultivaron en la adolescencia, en el difícil período de los primeros tiempos de la dictadura. Si los cambios revolucionarios no se produjeron, ni las innovaciones artísticas que ellos pensaban imponer, ni los lazos de amistad se conservaron como quisieron y prometieron, quieren mantener algo que todos han conservado como un ícono: su amistad con Atila."

Darío deja el guión y, antes de encender el motor, decide llamar a Beatriz. Su voz lo tranquiliza, como siempre.

— ¿Qué estás haciendo? – Pregunta y se arrepiente de hacerlo, porque sabe que la respuesta le sonará fatídica.

— Estaba leyendo el guión de Atila. – Responde Beatriz y Darío corta la comunicación sin decir más.

TRES

Beatriz sacude la cabeza, fastidiada por la interrupción y vuelve al punto donde había dejado la lectura, aunque es la tercera vez que lee aquellas frases envolventes.

"7) INTERIOR — SALA DE PROFESORES DE UN LICEO – DÍA

Un profesor se queja del comportamiento de sus alumnos a Eloísa, profesora mayor de cincuenta años que está sentada ojeando "¿Qué es la literatura? de Sartre, y tiene en su falda un ejemplar de "La náusea". Ella le responde que su actitud autoritaria es la que provoca la rebeldía de los estudiantes. Arguye que los jóvenes son víctimas de un sistema que no les brinda ninguna perspectiva, lamenta que se los obligue a memorizar un conjunto de contenidos que no valen nada para el presente y concluye en que "el problema con los "gurises" es que nadie les da pelota". Su discurso lo interrumpe una llamada por el celular: es Darío que le avisa que regresa Atila. Ella pregunta si regresa solo o con alguien, y ante la respuesta de que nadie lo acompaña, suspira y se queda mirando por una ventana con la mirada perdida."

A Beatriz le hubiera gustado que la descripción de los hechos se hubiera correspondido con sus aconteceres. Debía admitir que su personaje decía cosas muy parecidas a las que ella hubiera dicho, pero eran pensamientos de Atila, más que de ella.

Eloísa y Abelardo. Beatriz y Dante. No se había esforzado demasiado para escoger el nombre. ¿Había querido relacionarla con Darío cuando eligió el nombre para él? Sin duda que no, era una actitud demasiado altruista para atribuírsela a Atila.

Eloísa es la heroína que prefiere el amor de un hombre antes que a dios. ¿Eso es lo que Atila piensa? Recuerda que no le gusta que lo llamen Atila, y ella siente que menciona a otra persona cuando lo hace, pero la costumbre es tan poderosa que no puede evitarlo ni siquiera al pensar. Sin duda que Atil... Fernando, habrá previsto que ella podía hacerse esa pregunta y, por lo tanto, procurará engañarla para que nadie sepa cómo es, para que nadie pueda conocerlo. Nadie sabe por qué se esconde, pero esa es su actitud pueril.

Los recuerdos de buenos momentos provocan dolores del alma, pero los recuerdos de oportunidades perdidas causan desgarramientos del ser. ¿Por qué no fue más audaz y satisfizo los deseos que habían surgido en ambos sin que lo quisieran? Un poco de sexo hubiera convertido a esos deseos en recuerdos iguales a muchos otros que forman eso que llaman la "experiencia" de la vida. Lo que pudo ser y no fue se convierte en algo monstruoso que se apodera del espíritu como un demonio invasor y atormenta. ¿Habría contado Fernando como real, algo que sólo ocurrió en las fantasías eróticas de ambos?

Tal vez sería bueno que así fuera: tener el recuerdo de unos momentos de pasión vividos a través de la literatura o el cine.

Suena el timbre de llamada de su celular, pero no atiende de inmediato porque supone que quien llama es Darío, nuevamente. Sin embargo, ante la insistencia, acepta la llamada y es Atila.

— ¿Cómo estás, flaca? – Beatriz se siente agredida porque Fernando saluda a la otra, a la flaca que ella fue. Acepta el equívoco con resignación: ella también imagina al joven que la seducía cuando emitía aquellos tonos de bajo.

— Estoy bien. ¿y vos? – Responde con una voz quebrada que contradice el significado de las palabras. La voz la seduce como antes, pero ahora el deseo no se puede satisfacer: desea que el tiempo retroceda para poder gozar de la juventud de sus cuerpos.

— Quiero que nos veamos – Atila ha dicho lo que ella quería. Siente que lo puede controlar con la intensidad de sus pensamientos. – No sólo vos y yo, sino todos, todos los que quedamos. Víctor, Darío, Laura, y también aquellos que pasaron coyunturalmente por el grupo, como Leonardo o el pelado Jorge.

— ¿Qué bicho te ha picado? – Beatriz no puede disimular su fastidio. Ella no quiere una reunión. Desea un encuentro secreto donde sus cuerpos puedan superar los años por medio de la pasión.

Atila advierte el disgusto de su interlocutora y, sin saber qué decir, opta por interrumpir la comunicación. Toma su copia del tratamiento que ha escrito y se dispone a matar el tiempo releyéndolo por enésima vez.

"8) INTERIOR — CASA DE CARLA — NOCHE

Carla, Dante, Víctor y Eloísa están reunidos en una sala de estar, sentadas en un sofá las mujeres y en sendos sillones los hombres. Comentan sobre los acontecimientos acaecidos desde la última vez que se habían reunido. Recuerdan anécdotas de los viejos tiempos: cuando el "Cabezón" Abelenda había pegado los borradores al escritorio porque quería destruir el mito de que el profesor Tornarotti los hacía levitar. Entonces todos vieron flotar al escritorio y hubo desmayos y gritos histéricos. Eloísa pregunta por Horacio, el hijo de Dante, que es el hombre que todos consideran clave para solucionar el intríngulis. Cuando éste llega y se sienta, Dante toma la palabra y comienza el relato sobre el cuento, el concurso del semanario Marcha y el exilio de Atila. "Todo comenzó en el 73".

No se explica por qué eligió a Darío como narrador. Cualquiera hubiera podido hacerlo mejor. Si admitiera en alguna entrevista que es una influencia de la lectura de "El sonido y la furia "de Faulkner, sería un modo elegante de molestar a Darío. Tal vez porque es un narrador destinado a desparecer detrás de una cámara, casi insignificante en la economía del relato.

Está enojado y quisiera tener con quien pelear, por eso decide que es mejor seguir leyendo:

"9) INTERIOR — CASA DE ATILA (dormitorio de soltero) — DÍA

Un muchacho (Atila joven) está escribiendo en una vieja máquina de escribir.

No recuerda su propia cara de entonces. No tiene fotografías. Tendrá que pedírselas a su hermana. Comprende, de súbito, la razón por la que quiere hacer una película. En aquel entonces no había cámaras digitales: sólo se podía confiar en los recuerdos. Quiere tener falsos recuerdos.

¿Qué sigue ahora? ¿Dónde están los límites entre la ficción y la realidad? Tiene el temor de que la imaginación le provea de una historia inventada. Ha inventado tantos relatos diferentes en el transcurso de los años, que necesita ayuda para poder distinguir los sucesos de sus invenciones. Sigue con la lectura:

"10) EXTERIOR– ASIENTOS FRENTE A UNA HELADERÍA – DÍA

Un joven de unos veinticinco años, de complexión atlética, se acerca a una chica que está tomando un helado. Ella lo reconoce (lo llama ERNESTO), pero no quiere hablar con él. El muchacho insiste, pidiendo que recuerde los buenos momentos que han pasado juntos, que recuerde cuándo se citaron y la abuela se enteró, y se apareció en el lugar de la cita y él, confundido en la oscuridad, quería besarla. Con este relato logra hacerla sonreír. Aunque accede a mantener un diálogo, la muchacha, MARCELA, le advierte de que no hay posibilidades de continuar su relación porque ella sabe su modo de vida. Como él se muestra sorprendido, ella le confiesa que un tío suyo es comisario y le avisó que él era guardaespaldas de un narcotraficante. Que era sospechoso de vender porros a los "gurises" del liceo del barrio y que estaba procesado por agresión. Él le recuerda que ese procesamiento fue consecuencia de una pelea por defenderla. Ella le responde que sus deseos de formar una familia y vivir tranquila después de terminar sus estudios no son compatibles con alguien cuya única aptitud y virtud para enfrentarse a la vida es su destreza en las artes marciales. El joven vacila y demora en responder y ella aprovecha para alejarse rápidamente."

Fernando sonríe cuando recuerda la escena de la heladería. Era la ruptura de una pareja, sin duda, pero el contenido de los diálogos era pura imaginación suya de aquel momento. Sin embargo, el joven estaba vestido como un narco: ropas caras que no sabía lucir. Por eso pasó a formar parte de los personajes de su película. Ella era una joven común, pero con suficientes atributos para robarle el sueño a alguien con la autoestima muy baja.

Debe seguir leyendo, no debería detenerse en los detalles: corre el riesgo de ponerse a corregir la trama y verse enredado en un "efecto mariposa".

"11) INTERIOR — ASIENTOS DE UN AVIÓN — DÍA

Fernando Parra (Atila) un hombre de unos cincuenta y cuatro años, viaja leyendo una colección de cuentos latinoamericanos. Se queda mirando hacia un lugar indeterminado, mirando "hacia adentro", invadido por recuerdos."

No importa el detalle del momento en que afloraron los recuerdos (que fue realmente en el avión) sino la intensidad y el caudal de los mismos que le ocasionaron un verdadero trastorno emocional.

"12) INTERIOR — CASA DE ATILA (dormitorio de soltero)— DÍA — DICIEMBRE 1973

Un muchacho (Atila joven) está escribiendo en una vieja máquina de escribir. Entra una señora y le habla con tono de reproche, recriminándole que se le enfría la comida y que ella se tiene que ir a la fábrica. El joven responde que tiene que terminar de pasar el cuento y después tiene que ir a devolver la máquina de escribir. En la radio se escucha la marcha militar que anuncia un comunicado de las fuerzas conjuntas que dieron el golpe militar. El joven apaga la radio y la madre se retira de la habitación sacudiendo la cabeza."

El sonido de las marchas que anunciaba los comunicados estaba asociado a la mueca de disgusto de su madre. Era el único recuerdo de aquella época de su madre.

"13) EXTERIOR— CALLE DE UN BARRIO CON ESTACIÓN DE FERROCARRIL — DÍA

El joven camina con un sobre, una valija grande donde transporta la antigua máquina de escribir y toca timbre en una casa. Demoran en abrirle y se nota que han espiado a través de las persianas antes de atenderlo. Abren apenas la puerta y el joven entrega la máquina de escribir. Apenas ha dejado la máquina pasa un jeep y un camión militar. El joven queda unos momentos pegado a la pared y luego que los vehículos se alejan sale corriendo hasta que tropieza con alguien que sale de la casa donde entregara la valija. Un hombre grueso de unos cuarenta años lo introduce en la casa presurosamente."

"14) INTERIOR — CASA DEL PROFESOR GORDILLO – DÍA

La casa del profesor Gordillo es antigua y tiene un zaguán y un pasillo. El profesor habla en voz baja al joven Atila y le pide que lo siga. Entran a una de las dos puertas que salen hacia el pasillo."

En realidad imaginaba la casa de Pascual, el profesor de literatura, cuando hablaba del ambiente del profesor Gordillo.

"15) INTERIOR — ESCRITORIO DEL PROFESOR GORDILLLO — DÍA

La habitación está saturada de libros y sólo tiene un escritorio antiguo y tres sillas. El profesor hace sentar al joven y le pregunta, siempre en voz baja, sobre los motivos de su visita. El profesor comenta que debe tomar muchas precauciones porque tiene "malos antecedentes" políticos: laburó mucho en el sindicato. El joven comenta que ha terminado el cuento que quería presentar al concurso organizado por el semanario Marcha. Le pregunta si el profesor sigue viajando a Montevideo y ante la respuesta afirmativa le pide si puede llevar el relato y entregarlo en la redacción del semanario. El profesor acepta el encargo porque tiene planeado ir a charlar con alguno de los amigos que tiene en el periódico. El joven le informa de que el título del cuento es "El guardaespaldas", pero que no lo lea porque no quiere que nadie lo haga hasta que se sepa el resultado del concurso, por "cábala". El profesor le dice que colocará el sobre en el libro que está leyendo, que es La vida breve de Onetti. Comenta que un editor quiere su opinión sobre unos manuscritos hallados cuyo supuesto autor es Onetti, y tienen miedo de preguntarle al autor sin tener una certeza sobre si son realmente suyos. El joven comenta que es una labor muy interesante, pero que Onetti es un escritor que no le cae bien por su pesimismo. El profesor le recomienda que cambie su actitud, porque es muy bueno para un principiante leer a Onetti y le informa de que es uno de los jurados del concurso en el que se ha presentado. Los dos se paran y salen, en el escritorio hay un almanaque perpetuo que está indicando el 13 de diciembre. Salen al pasillo y se despiden. El profesor le aconseja al joven que la situación política se ha vuelto muy peligrosa y que el gobierno dictatorial es imprevisible, pero que no se puede esperar nada bueno de él."

Esta escena es muy probable, aunque sólo sea imaginaria. El profesor Gordillo era un hombre distraído.

Sin embargo, hay otra hipótesis plausible: el profesor Gordillo leyó el cuento de Atila y lo encontró tan malo que decidió no enviarlo, para ahorrarle una vergüenza.

"16) INTERIOR — CASA DEL PROFESOR GORDILLO — DÍA

El profesor sale de su casa, pero el ejemplar de La vida breve con el sobre en su interior queda sobre el escritorio donde el almanaque está en el día 14. El profesor grita que no puede despedirse porque perdería el tren."

Esta escena intenta probar como cierta la condición de distraído del profesor, ignorando la segunda conjetura.

17) INTERIOR — VAGÓN DE PASAJEROS DE UN TREN — DÍA

El profesor se acomoda en un asiento y se dispone a buscar algo en su valija. La persona que se sienta junto a él, al verlo buscar con tanto ahínco le pregunta sobre lo que ha perdido y el profesor responde que es algo sin importancia, que estaba leyendo un libro, pero que es una novela leída y que ya tiene otro como sustituto que leerá por primera vez. Toma entonces El talón de acero de Jack London. Para que nadie vea la tapa lo forra precariamente con una hoja de diario."

Aquí queda claro que el profesor olvidó el cuento: no es oportuno, en momentos en que pretendo iniciar una carrera como guionista, que admita sin más que mis primeros cuentos eran una bosta, peor que olvidables.

CUATRO

Darío detiene el auto frente a la casa que sus padres habían construido en el balneario "La Floresta". Ha decidido que esa noche no irá a la casa de Laura, pues no sabe qué decirle para explicarle su visita. Teme que ella se burle de sus temores ante el cumplimiento de las profecías contenidas en el guión de Atila.

Este es otro de sus motivos: se ha detenido cuatro veces para leer la obra de Fernando Parra. Está fascinado por la diferencia entre los escritos experimentales de juventud y el modo en que lo atrapa esta historia.

Se pregunta por qué no dice la verdad y cuenta que fueron "haciendo dedo". Por qué ese afán de recordar a los trenes. ¿Serán nostalgias de su vida en Europa? Tal vez encuentre una explicación en el propio texto, tal vez se satisfaga una necesidad dramática, o se reduzca el presupuesto de la filmación. Prosigue con la lectura.

"18) EXTERIOR– FRENTE A LA ESTACIÓN DE TRENES DE PIRIÁPOLIS — DÍA

Un grupo de jóvenes sale de la estación cargado de bolsos y mochilas. Son Fernando Parra (Atila), Darío, Víctor, Dante y Carla. Se escucha una radio que anuncia el informativo y estamos en el doce de febrero de 1974. Están dando los anuncios de las noticias que van a desarrollar y, en policiales, anuncian que se cometió el "horrendo crimen de una anciana y se clausuró una "publicación por pornografía". Atila apaga la radio. Los jóvenes se sientan y todos toman de una botella de *grappa* que tiene cáscaras de limón. Víctor les informa que tendrán que caminar unos kilómetros hasta la casa de un amigo, "el ANSELMO", que vive en Playa Verde o que tendrán que hacer "dedo". Advierte que acamparán en un terreno baldío que esta junto a la casa de ese amigo y que lo único que pueden pedir es que las mujeres vayan al baño. Dante sugiere, en tono de broma, que se consuelen porque, cuando Atila sea un escritor famoso los va a invitar a su propia casa. Carla es más rotunda y dice estar segura de que su cuento "El guardaespaldas" va a ganar el concurso de Marcha y será el comienzo de una carrera meteórica. Atila cuenta que antes creía lo que predican los testigos de Jehová y había escrito un cuento diciendo que era Dios el que iba a salvar al país y por eso no había que tomar las armas, pero que ahora veía que dios no iba a intervenir y había escrito un relato dando la verdadera salida. Que no importa su carrera de escritor, porque el cuento será un catalizador de los ideales revolucionarios que la dictadura está aplastando y generará un gobierno que le confiscará toda la guita. Como lo escuchan con talante preocupado, Atila da una risotada y después todos ríen. De varios vehículos que pasan junto a ellos sólo una camioneta se detiene. Sólo suben las mujeres, Víctor y los bultos. Los dos que tienen que seguir caminando putean, pero se ríen cuando Atila saca la botella de *grappa* de la camisa que lleva enrollada en una mano y comenta que ha guardado combustible para la caminata."

Víctor deja a un lado el conjunto de páginas y trata de imaginarse la película que se construirá a partir de aquel documento. Presiente que eso ocurrirá, aunque ellos tal vez no vivan para verlo.

CINCO

Beatriz ha quedado como paralizada al leer la escena diecinueve y descubrir que Atila ha sido fiel a su relato hasta en los mínimos detalles. Se da cuenta de que él recuerda cosas que ella no le ha contado. ¿Es posible que otra persona tenga acceso a nuestro inconsciente? No quiere responderse esta pregunta. Siente vértigo ante la posibilidad de desarrollar esta línea de razonamiento. Decide volver a leer la escena.

"19) EXTERIOR– CHURRASQUERA DE UNA CASA DE BALNEARIO – DÍA

En un patio de "casa de balneario" en el que hay sombra y una "churrasquera", un hombre y su esposa, acompañados por un hijo pequeño y que juega solo y una niña bebé que balbucea en su cochecito, toman mate, preparándose para comer un asado que está ya colocado en la parrilla. Llega Dante y pide si no pueden asar unos chorizos y unas tiras de carne que trae en un plato. Ellos acceden con mucha amabilidad y el hombre coloca el contenido del plato en la parrilla mientras la mujer la invita con un mate. El hombre se ríe y le dice que si fuera mayor la invitarían con una caña con butiá, pero enseguida le alcanza un vaso. Ella toma y tose. Cuenta que le va muy bien en sus estudios en el IPA, porque le gusta mucho la literatura y quiere ser profesora. El padre manipula con un atizador las brasas. Comenta que él ama la lectura y que se lamenta de haber tenido que quemar los últimos ejemplares del semanario Marcha, en los que había un lindo cuento, ganador de un concurso, pero que "no tuvieron más remedio" que hacerlo porque se armó un lío bárbaro con dicho relato y con el certamen. El hombre comenta que es muy lamentable, pero que ha sido un gran error diplomático del gobierno haber metido preso a Juan Carlos Onetti, el escritor. Tal vez no ayude, pero va a dejar mal vista a la dictadura. La muchacha recuerda el cuento de su amigo y pregunta por el autor del cuento. Ellos no recuerdan el nombre, pero sí el título: "El guardaespaldas". La mujer menciona que no es el ejemplar censurado el que están quemando, sino el del 25 de enero cuando se publicó el fallo y tal vez quede alguna página legible. Hurgan en unos trozos de papel impreso pero no hallan lo que buscan. Cuando Dante menciona el nombre de Atila: Fernando Parra, ellos no tienen dudas de que es ese el nombre del ganador. La muchacha pregunta por "el lío" y el hombre le dice que el cuento fue considerado pornográfico, y que todo el jurado y la plana mayor del semanario estaban detenidos y también el autor del relato. Dante quiere el ejemplar donde se publicó el cuento y el hombre le responde que había salido hacía dos o tres días y que todavía no les había llegado. Agrega que tal vez no llegue nunca, porque en estos casos secuestraban toda la edición. Era costumbre que los que se hubieran distribuido antes de la confiscación, muchos quiosqueros los devolvían para no tener problemas con los milicos. La madre comenta que siempre detienen a los sospechosos y a quienes los ayudan y los acusan de conspiración. Dante se despide. Tratando de desviar la conversación, pregunta en cuanto tiempo estará pronto el asado. Cuando se va a ir el padre le grita que espere. La joven (sintiéndose descubierta) contesta que, por suerte, no había leído nunca nada de ese tal Parra, que preguntó porque alguien lo había nombrado en el tren como que había "caído preso", pero interrumpiendo sus excusas, el hombre le ofrece una petaca con caña con butiá para que tome con los amigos. Ella suspira aliviada y sale corriendo."

Laura desea concentrarse en la lectura para olvidarse de la situación. Le cuesta lograrlo porque las palabras evocan imágenes muy sofocadas en el pasado. Sin embargo, debe admitir que le asombra que Fernando haya podido escribir con tanta sencillez y exactitud. No es lo que ella espera de él. Vuelve a la lectura para sentirse joven de nuevo.

"20) EXTERIOR– CAMPAMENTO DE LOS JÓVENES (dos carpas) – DÍA

Los cinco están reunidos con aire de alarma. Víctor habla y dice que no puede tratarse del cuento de Atila porque, si el autor está preso, es evidente que hay un error, porque Fernando está con ellos. Sin embargo, Eloísa lo rebate argumentando que puede ser un truco de la policía para que el buscado se confíe, o puede ser que haya caído alguien inocente que tenga el mismo nombre. Carla dice que lo seguro es que el autor de un cuento titulado "El guardaespaldas" es buscado por la policía, y agrega que ella ya lo leyó cuando era un borrador. Dante le pregunta sobre la temática y Atila aduce que es difícil de explicar, que está basado en una novela de Jack London, y que tiene algunas escenas eróticas. Víctor lo trata de inconsciente por haber mandado un cuento de esas características en un momento como ese. Fernando responde que había pensado en las condiciones para escribir la verdad de Brecht y que el profesor Gordillo le había dicho que las publicaciones como Marcha tenían un control de autocensura que no publicaría algo que pudiera significar una clausura. Víctor dice que el profesor Gordillo se equivocó porque los pelotudos publicaron el relato y ahora están todos en cana. Atila dice que es su deber entregarse y no permitir que un inocente esté purgando por su culpa. Darío sostiene que su sacrificio no garantiza que suelten al otro porque ellos no quieren admitir errores, y que lo mejor es que él salga del país. Víctor propone un plan para que uno de ellos lo acompañe hasta alguna población de Brasil desde donde lo podrán mandar para Europa. Atila quiere buscar el ejemplar donde se publicó su cuento, pero todos se oponen. Acceden, finalmente, a la propuesta de Víctor de que dos de ellos, una pareja, viajarán a

Montevideo para buscar el modo de exiliarse políticamente y, de paso, buscar el ejemplar censurado."

SEIS

Atila ha reiniciado la lectura. Es extraño descubrir que se ha escrito como un médium, como un instrumento al servicio de fuerzas o poderes desconocidos. No puede reconocerse en las frases: es como si las hubiera escrito dormido:

"21) EXTERIOR– CAMPAMENTO DE LOS JÓVENES — DÍA

Atila se queda con Carla y con Dante. Este último se va, explica QUE irá a la casa de los padres de Anselmo por si ellos saben algo. Carla le reprocha a Fernando su imprudencia y le recrimina que toda carrera literaria o profesional que hubiera planeado le quedará trunca por ello, a lo cual contesta que él no planeó que en el país sobreviniera una dictadura. Carla responde que ella no lo planificó tampoco, pero que adaptará su vida a esa situación sin dejar de hacer lo posible para que el sistema político cambie. Considera que esa es una obligación moral. Atila considera que su relato es una "herramienta" de lucha porque pretende esclarecer a la gente sobre el verdadero significado de los acontecimientos políticos y a cómo enfrentarse a ellos mediante actitudes revolucionarias. Cree que hay que resistirse a la dictadura desde el comienzo, como lo han hecho los obreros y los estudiantes en la huelga general, que nunca debió ser levantada porque las consecuencias van a ser terribles para todos los participantes. Ella dice que ya pasó y que es estúpido pensar que se puede actuar como antes. Darío, que ha regresado, considera que esas diferencias de pensamiento que ellos dos manifiestan son las que confieren poder a la derecha, pues los enemigos tienen claro lo que los une. La muchacha termina la discusión reprochando que, más allá de los problemas personales, las consecuencias de su imprudencia sobre el terreno de las relaciones interpersonales la tornan imperdonable. Que ya todo el proceso es irreversible y que sus amistades iban a perderse para siempre. Se retira diciendo que va a preparar un mate. La madre de la familia de la "churrasquera" aparece con el plato con el asado."

"22) EXTERIOR– CAMPAMENTO DE LOS JÓVENES – DÍA

Cuando Carla se retira Dante sostiene que la joven está manifestando esa reacción porque "se había hecho ilusiones" de "tener algo" con Atila. Le aconseja que trate de hablar con ella. Atila sale en pos de Carla sin responder."

Fernando advierte que, aunque escribió sin dejarse dominar por ninguna emoción, ahora Atila está llorando.

"23) EXTERIOR– CAMPAMENTO DE LOS JÓVENES – DÍA

Atila encuentra a Carla llorando tras una de las carpas y le confiesa que lo único que lamenta es que no van a poder tener una relación amorosa como había imaginado. Ella le dice que no está preparada para seguirlo al exilio, porque quiere enfrentarse a la situación presente, aunque sabe que es muy dura y prima en esa decisión lo colectivo sobre lo individual. Se besan. Ella le propone que deben hacer el amor en cuanto tengan oportunidad porque quiere tener ese recuerdo."

Atila se siente atrapado en aquella habitación. Quisiera poder hablar con Laura en ese mismo momento. Se tira en la cama y se duerme, sin quererlo.

En su casa junto al mar Laura sigue leyendo sin prestarles demasiada atención a los hombres. Sabe que han podido comunicarse con la oficina central, pero nadie puede resolver el problema. Están más confundidos que antes porque nadie sabe darles información sobre la misión que debían llevar adelante. No hay datos sobre Atila en los archivos.

Laura toma conciencia de que no puede sentir miedo ante esta evidente incompetencia. Prosigue con la lectura.

"24) INTERIOR – ESCRITORIO DEL PROFESOR GORDILLO – DÍA

La pareja de jóvenes irrumpe en el escritorio del profesor, que está leyendo. Le preguntan por el ejemplar del semanario Marcha censurado. Él responde que no sabe nada de ello porque recién llega de la playa. Cree que lo puede haber recibido la persona que se ocupó de cuidarle la casa. Ellos le preguntan por un amigo abogado y él se alarma y los interroga respecto a quién tiene que huir del país. Inmediatamente se da cuenta de que la pregunta es inconveniente y les pide disculpas pero que todavía no se adaptaba a que había que evitar obtener información comprometedora. Disimuladamente saca un sobre de un libro y lo guarda en un cajón del escritorio."

Atila ha salido a caminar y llega hasta la heladería donde conociera a Eduardo. Ernesto no está. Se sienta a esperar, sin saber qué espera. Decide que lo mejor es comerse un helado, antes de volver a la lectura.

"25) EXTERIOR– ASIENTOS FRENTE A UNA HELADERÍA – DÍA

Ernesto está solo, sentado mirando hacia el vacío, "hurgando en sus recuerdos"."

Esta escena le permitió a Fernando imaginar todo lo demás. Se pregunta si habrá recibido algún tipo de mensaje telepático y luego se siente ridículo por tener esos pensamientos. Tener imaginación no es lo mismo que creer en poderes extrasensoriales.

"26) INTERIOR – CASA DE LOS PADRES DE ERNESTO – DÍA

Un policía llamado ACUÑA llega a su casa y le muestra a su esposa que un subversivo preso, de los muchos que tienen que custodiar en "El Cilindro", le ha regalado unos libros, que son: La vida breve (de Onetti), El perro canelo (de Simenón) y una policial de la Colección Punto rojo de Editorial Bruguera titulada "Sendas en la noche" del autor Silver Kane. Entre las páginas de esta última encuentra una hoja con una lista de libros con la leyenda: "para quemar". Le dice a la mujer que se lo han dado por error o para poder entregarlo a alguien que debe eliminar "pruebas" de "pensamiento foráneo" e ideología subversiva que justifique una acusación. Lee la lista: 2El manifiesto comunista", "Miseria de la filosofía", "El estado y la revolución", "La revolución traicionada", "Lo que todo revolucionario debe saber sobre la represión". "Las venas abiertas de América Latina," "La función del orgasmo" y "El asesinato de Cristo". Se promete a sí mismo leer todos esos libros. La mujer le pide que devuelva los libros. Acuña se niega y aduce que van a sospechar por haberlos agarrado y lo van a torturar, o que tal vez torturen a muchos presos para saber de quién es la hoja. Le muestra con alegría que el escritor Onetti le escribió una dedicatoria de su libro. Cuenta que le dijo que no se hiciera ilusiones porque él no era buen escritor, pero que todos creían eso, agregando que los que no lo creían no tenían argumentos para explicar por qué no era bueno, que lo decían por celos. Acuña relata que por eso le ha regalaba el libro de Simenon que "es de verdad muy bueno" y "les podía enseñar a ser buenos policías."

Atila piensa que le disgustan las coincidencias exageradas, pero debe aceptar que al público le gustan.

"27) EXTERIOR– ASIENTOS DE UN AVIÓN – NOCHE

Atila sigue ensimismado en sus recuerdos."

Esta escena, donde sólo se filma al actor que representa a su personaje está ubicada para tener un lugar en la historia, se dice Atila.

SIETE

Beatriz se ha dormido y despierta sobresaltada. Comprende que ha estado soñando y que no puede distinguir entre los contenidos de su sueño y lo que le produce la lectura.

"28) EXTERIOR– CAMPAMENTO DE LOS JÓVENES – DÍA

Víctor y Eloísa regresan en un automóvil y, entre todos, desarman el campamento, cargan todo y colocan una mochila y una carpa en la baca (para que se advierta su condición de veraneantes, explica Víctor). Atila pregunta sobre el semanario, sobre novedades políticas, sobre comunicados de las fuerzas conjuntas, sobre si han hablado con su madre. Las respuestas de Víctor son negativas. Eloísa agrega que no han molestado a la madre porque todavía no espera noticias de él y cuando menos sepa mejor para ella. Suben todos y Dante pregunta si acuerdan mantenerse juntos hasta que puedan encontrar a la persona que se ocupará de Fernando en el Chuy del lado brasileño, pase lo que pase. Todos asienten. Víctor explica que en ese momento se separarán y tres de ellos deberán regresar a Casimar. Carla se ofrece para acompañarlo, pero

Dante propone que debe ir Eloísa, porque conoce Brasil y sabe hablar portugués."

Esto, lo que viene, este problema con los milicos, nunca ocurrió, se dice. Beatriz sonríe ante una inofensiva mentira de Atila para darle un poco de suspenso a la narración. Después se queda sorprendida, porque hay algunos detalles que están grabados en su memoria. ¿Es posible que el miedo haya generado la represión de esos recuerdos? No obstante, no puede negar que sintió rabia de que le quitaran las botellas de *grappa* que necesitaban para aliviar la tensión.

"29) EXTERIOR– CONTROL MILITAR EN LA RUTA – DÍA

Van en el automóvil escuchando música, pero los intercepta un jeep militar, en un puesto de control, donde hay muchos soldados. Presentan sus documentos de identidad, y los "milicos" comentan que no figuran en ninguna lista, que son unos estudiantes pelotudos, y qué lástima porque las "minas" estaban "buenas" para haberlas tenido que interrogar. Confiscan un par de botellas de *grappa*."

OCHO

Atila se sienta ante el escritorio y enciende la *laptop*, colocando a su lado los papeles, algo arrugados, del tratamiento de su guión. Lee: 30) EXTERIOR– BAR EN EL CHUY – DÍA; Beben cerveza y brindan los cinco en una mesa. Dante exclama que por suerte la burocracia no tiene buena comunicación en este "país de mierda". Atila pide que todos se comprometan a seguir formando la barra No importa que la vida tienda a separarlos. Dice que deben comprometerse como si fueran alguna logia o sociedad secreta. Todos tratarán de verse y contarse los planes, por lo menos una vez al año, aunque tengan que viajar."

Eloísa. Atila tacha y escribe Beatriz. Beatriz se levanta a comprar una ficha para elegir un tema musical en una "fonola". Dante (tacha y escribe: Darío) y Víctor (¿por qué no le cambié el nombre?, ¿Tal vez porque le decíamos "El Negro") la siguen. Carla ofrece a Atila que irá a verlo aunque tenga que viajar a Europa para cumplir con su promesa. Tacha toda la frase y escribe: Laura le promete a Fernando que la distancia no impedirá que trate de verlo y que se encontrarán aunque ella tenga que viajar a Europa "haciendo dedo". La música elegida por Beatriz es la legendaria canción "Rompan todo" de *los Shakers*. Todos vuelven a reunirse para retirarse juntos del bar.

Se da cuenta de que ha comenzado a escribir lo que recuerda y las palabras escritas, que habían procesado los contenidos de la memoria para conformarlos a un criterio estético, ya no son obstáculo a su labor. Tal vez ha dejado de sed un creador para convertirse en un cronista.

Le vuelve la imagen de "El Negro" conduciendo aquel viejo automóvil y las calles polvorientas que recordaban infinidad de *westerns*. Por economía narrativa había escrito en la escena treinta y uno que pasaban, sin transición, del bar hacia la casa del individuo vinculado al partido comunista que brindaría los documentos que le permitirían acogerse al asilo político.

Descienden todos frente a esa casa, pintada de amarillo. Los atiende un hombre con acento portugués y les hace pasar a un patio con parral. De allí los siguen a un pequeño galpón y luego a un sótano muy disimulado. Cuando están todos sentados en bolsas de ración entra una mujer que sólo habla portugués y les pregunta si tienen dinero. Eloísa traduce. La mujer explica que ellos tienen contacto con organismos de derechos humanos y partidos europeos de izquierda, pero que no pueden disponer de mucho dinero de antemano. Hacen una colecta y todos aportan.

Víctor aparta sólo lo que necesitarán para el combustible y aclara que no van a gastar para comer porque no tendrán mucha hambre, el dolor de estómago producido "por los nervios" no se los permitirá. Estas frases inician los llantos y los abrazos de despedida

Víctor, Darío y Laura regresan al campamento. Atila y Beatriz y una pareja de brasileños viajan en un escarabajo, por una carretera desconocida, en silencio. El diálogo se inicia cuando la mujer brasileña dice, en portugués, que ellos pueden ayudarlos porque llevan diez años de experiencia con la dictadura y que deben cuidarse cuando entablen contacto con los organismos de derechos humanos, porque están muy infiltrados por agentes de todo tipo.

Beatriz le traduce a Atila. Llegan frente a un motel en la ruta.

En la oficina del motel un empleado les atiende apáticamente. La mujer pide dos habitaciones. Cuando les dan la llave, sin malicia, los integrantes de la pareja brasileña le recomiendan a Beatriz que intenten dormir. Tienen muchas horas de viaje por delante para llegar "de un tirón" a San Pablo.

La habitación tiene una sola cama y es de dos plazas, Cuando Atila se dispone a dormir en un sillón acercando una silla para los pies, Beatriz, que se está desvistiendo, le dice que no hay problema en compartir la cama. Cuando él se va a acostar vestido ella ríe y lo besa, y comienza a desprenderle la camisa mientras le dice que dormir vestido es muy incómodo.

Cuando llegan al aeropuerto de Enduro es de día, pero han viajado casi veinticuatro horas.

En la cafetería bar del aeropuerto (1974) Beatriz le pregunta a Atila si tiene todo lo que necesita para viajar. Él responde afirmativamente, que la llamará desde Alemania lo más pronto que pueda. Se besan y él se aleja ante el anuncio de los altoparlantes de que su vuelo va a partir.

NUEVE

El aeropuerto de Enduro es otro cuando Atila regresa con sus cincuenta y cuatro años a cuestas, e ingresa a la cafetería. Se queda pensativo y sigue con sus recuerdos cuando una joven se le acerca y le ofrece, en portugués, servicios sexuales por pocos euros. Como lo llama por su nombre, Atila le pregunta con asombro cómo lo sabe. Ella se ríe y le señala la maleta en la que está escrito "Fernando Parra". La joven se aleja y Atila queda pensativo.

Con la nitidez de los recuerdos de la tarde anterior, le vuelven las imágenes de sus primeras épocas en una oficina del correo de Estocolmo.

Tal vez no es su primera época, pues su imagen en el espejo ante el que se acicala para salir Atila tiene un sobretodo que fue su propio regalo en su vigésimo quinto cumpleaños.

Guarda la fotografía de una hermosa joven rubia (¿se llamaba Mía?) en el cajón de su escritorio, lo cierra con llave y sale, despidiéndose en sueco. No recuerda las caras de sus compañeros de trabajo, pero sí que uno de ellos lo felicita en español porque desde hace cuatro años "trabaja como un sueco" y no está siempre cansado como un "refugiado sudaca".

Después que cesar las risotadas de Atila, alguien le pregunta adónde viaja esta vez y él le responde que irá a Nicaragua, a conocer una revolución triunfante.

Un trabajador que pronuncia en "perfecto rioplatense" le pide que, si ve a algún argentino, le mande saludos de Marino Martínez y que le pregunte qué saben de Rodolfo Walsh. Atila promete hacerlo y traer recuerdos para todos, si regresa y si no lo atrapa alguna sandinista que "esté buena".

DIEZ

El recuerdo de la mujer que "está buena" surge en Nicaragua, pero son los intensos ojos negros de una española los que predominan sobre todos los demás.

Están todos en la casa de Julio Lagos, un líder revolucionario de un barrio muy pobre de Managua.

Esa noche se han reunido en una habitación con mobiliario muy pobre. Celebran que han confiscado un aparato de televisión y están mirando un discurso de Daniel Ortega. El grupo de hombres y mujeres que miran la televisión es internacional, pero hay una mayoría de nicaragüenses.

Entre ellos hay un hombre llamado Pedro Reynasa, boliviano. Julio, el anfitrión, le explica a Atila que el país no está maduro para el socialismo y lo consulta sobre qué le parece esa idea de "capitalismo en córdobas" que quiere usar el gobierno.

Atila le responde que lo ha tratado muy bien para amargarlo, pero que desde donde él vive se dice que las fauces del Tío Caimán son muy grandes y que, si se les escapó Cuba, no van a cometer los mismos errores con Nicaragua.

Después, le pregunta por una muchacha que está algo apartada del grupo y parece estar fumando un porro. Julio le responde que es una española muy rara, que habla poco y se droga mucho, que a veces trabaja mucho y después se pasa días tirada fumando, que está muy buena pero que está chalada. Atila no le responde, se acerca a la muchacha y la saluda.

Atila recuerda que, para no describir la escena romántica con la española utilizó una elipsis y el encabezado de la escena treinta y nueve se reducía a anunciar que era en el interior de la casa de Julio Lagos, todavía de noche. Piensa que sería interesante descubrir por qué narrar buenos momentos es doloroso, en tanto que los trágicos pueden ser contados con placer.

Había quedado solo con Julio. En su recuerdo, Fernando se ve sonreír, aunque sabe que no había espejos que le permitieran verse. Tal vez su imagen deformada en una de aquellas botellas verdes llenas de licor.

— Estoy "metido" con la "gallega".

Julio no comprende lo que dice. Su expresión es de total desconcierto—

— Estoy enamorado de la española – Aclara Atila, y entonces Julio sonríe con aire de complicidad. Sin embargo, después una sombra oscurece su mirada.

— Tienes que tener cuidado. El boliviano Pedro la pretende, y es un hombre peligroso. Todo el mundo dice que es un encubierto de la CIA.

Atila ríe y Julio se enfada.

— Para todos es un rumor, pero yo tengo información confiable que lo confirma.

Atila se rasca la cabeza con gesto de preocupación, pero termina riéndose. Recuerda que se ve en el vaso que está lleno siempre, porque él no bebe.

Julio se aleja refunfuñando y Atila se queda dormitando sobre la alfombra hasta que la española, Pilar, se presenta y lo despierta con un beso.

Cuando se han quitado parte de la ropa, sin dejar de besarse y acariciarse, entra Pedro Reynasa portando un arma de fuego. Atila lo ve y suspende sus escarceos amorosos, tratando de inventar una defensa pues advierte que el otro está tensando los músculos de su dedo como para apretar el gatillo.

En ese momento, Julio entra por detrás del boliviano y lo golpea con la puerta provocando su caída. Atila le salta encima y, poniéndose sobre su espalda, lo toma por el cuello con el brazo y al apretarlo hace que suelte el arma. Atila sigue apretando hasta que el boliviano no presenta resistencias, y su cuerpo se afloja. Julio le comunica que lo ha matado y que eso quiere decir que tendrá que irse del país. Promete ocuparse de que el cuerpo desaparezca, pero no puede garantizar que todo quede oculto: se trata de un espía.

ONCE

El recurso para filmar la siguiente escena es más importante que el contenido de la misma. Piensa utilizar algunas de las filmaciones propias de la ciudad de Estocolmo. Luego Atila ingresando en uno de los edificios. Finalmente, filmando en Montevideo, el personaje Atila caminará por un pasillo de un edificio de apartamentos y saludará en sueco a una pareja (para mantener la ilusión de que la acción transcurre en Suecia) que sale de la puerta contigua a la que ingresará.

Lo que quiere comunicar a los espectadores es que la española lo ha seguido hasta el país nórdico, una forma indirecta de mostrar que son profundos sus sentimientos.

Cuando Atila entra al apartamento, Pilar duerme en un sofá, ante la televisión prendida. Atila la besa suavemente y Pilar despierta.

— ¿Has vuelto a lo mismo de siempre? – le pregunta con ternura.

— Sólo algún porro, que son inofensivos. Ya hace dos meses que he dejado la clínica, y no he tocado nada de "merca" ni ninguna porquería fuerte. — Ella sonríe.

— Simplemente, me he dormido leyendo un libro mientras la tele ponía el ruido de fondo.

Pilar busca debajo de su cuerpo y saca un libro con algunas páginas arrugadas. Atila lee el título y luego la besa.

— Estoy vivo y exiliado en Europa gracias al autor de esa novela.

— ¿Dejemos hablar al viento? – pregunta Pilar asombrada pues no logra que la imagen que tiene de Onetti se adecue a lo que Fernando le está diciendo.

— Tuve que salir del país por una equivocación. Escribí un cuento al que puse por título "El guardaespaldas". Se lo entregué a un profesor de literatura, que escribís una columna en Marcha, para que la llevara a este periódico. Nunca lo hizo, no sé por qué, pero no me enteré hasta hace poco.

— Tal vez simplemente lo olvidó.

— No sé. Mis amigos, cuando clausuraron la publicación y llevaron presos a los jurados, entre los que estaba Onetti, no dudaron en que era mi cuento el culpable de tanto desastre. El cuento se llamaba igual, y el autor era Nelson Marra: bastante parecido a Fernando Parra.

— Parece todo a propósito para que se generara la confusión.

Atila hubiera querido explicar por qué era todo deliberado y señalar qué designios trágicos habían diseñado el guión de su vida. En cambio, respondió:

— Mi exilio fue un fraude, pero si me hubiera quedado, es muy probable que hubiera desaparecido como mi madre.

— ¿Tu madre es uno de los desaparecidos? — Pilar lo dijo de una manera tal que no parecía una desgracia, sino un mérito de su parte. Por eso Atila contestó:

— Cada uruguayo consciente y bien nacido es hijo, hermano o pariente de cada uno de los desaparecidos.

Pilar se quedó callada.

— No volví a ver a mi madre, como es obvio. La secuestraron cuando él estaba exiliado, pero no por esa causa, porque los milicos ni se habían enterado de su fuga. No lo buscaban.

Pilar permanecía en silencio.

— Se piensa que la consideraron peligrosa por su militancia en el sindicato de la fábrica de neumáticos, que era de la "tendencia combativa". Ella, como muchos obreros, fueron declarados enemigos de la dictadura, y los tiranos no discuten con los opositores, los eliminan.

Atila se avergüenza por no tener verdaderos antecedentes revolucionarios e inventa que tenía contactos con un grupo que nunca realizó acciones que recogiera la prensa (el MUSP), aunque figuraba en el libro de los milicos que habían titulado "La subversión".

— Esos contactos, de haberlos descubierto – afirma Atila muy serio — les hubiera dado motivo suficiente a los servicios de la dictadura para de encerrarme por años.

Como Pilar lo escucha con admiración, se anima a incrementar su pasado heroico.

— Un amigo, "el Víctor", me escribió que tal vez lo hubieran matado para sacarle una información que no poseía, como le pasó a muchos.

— Me contó que al Petiso Julio, el padre de Santiago, lo habían asesinado sólo por su actividad en el sindicato de la carne.

— El Petiso era anarquista *"de jeta"*. Eso quiere decir que no era un verdadero militante, sólo hablaba. Sin embargo, tenía amigos anarquistas de verdad, unos españoles refugiados, como los que le relataron a Onetti la historia que cuenta en "El perro tuvo su día".

Pilar, súbitamente, lo interrumpe.

— Tenemos que irnos a España, tengo ganas de volver. No he estado desde el setenta y cuatro, y entonces todavía vivía Franco.

— ¿Y de qué vamos a vivir allí?

— Tienes que aceptar el puesto de creativo en la agencia de publicidad española, sé que tienes reparos éticos, pero ellos te quieren porque les ha gustado tu trabajo.

Atila queda dubitativo, o finge estarlo y se sirve un whisky. Luego le confiesa que es una tentadora idea.

Atila sentado en un bar cercano a la heladería lee que Atila, en el aeropuerto de Enduro, sigue ensimismado en sus recuerdos, escena que escribió en su apartamento de Barcelona, antes de salir.

DOCE

Atila está corrigiendo su "tratamiento". Entonces escribe que Ernesto está solo, sentado mirando hacia el vacío, "hurgando en sus recuerdos", en la escena cuarenta y cuatro, que ocurre en el exterior, en la locación que denomina "asientos frente a una heladería" y es de día, esa noche que mira hacia el vacío del local de enfrente al bar desde donde espía.

Le gustaría recordar el motivo de intercalar esta escena, pero lo ha olvidado. Supone que los espectadores no deben de estar concentrados exclusivamente en Atila y su entorno. No obstante, tal vez el vínculo está en que el padre del joven Ernesto es un agente de policía que ha visto alterada su existencia por unos libros que le regalara Onetti.

Por eso, de un modo un tanto abrupto, salta al pasado, al momento en que él está siendo interrogado en una "oficina de una organización de defensa de los derechos humanos".

Es de día y un almanaque nos ubica en mil novecientos ochenta y cinco, año de la "salida democrática".

Acuña, el padre de Ernesto, entra a la oficina y es atendido por una mujer joven.

— Quiero denunciar que los militares y policías "chicos" son las primeras víctimas de la tortura: se les lava el cerebro en los entrenamientos, se los entrena mediante condicionamientos psíquicos dolorosos, Se les enseña a odiar a la gente; son manipulados mediante amenazas de pasar al "otro lado".

— A mí me trancaron la carrera porque tuve un trato humano con muchos presos.

— Puedo dar testimonio sobre algunos muchachos que trabajaron en los cuerpos de choque y enloquecieron. Los destruyeron con los "choques eléctricos".

El personal de la oficina le explica que se ha anotado su denuncia y que será llamado cuando "tengan novedades".

Atila advierte que lo acompaña su hijo, que se llama Ernesto.

— Este está tan loco como el bombero que se encadenó en la torre del cuartel "Centenario" – le dice una mujer a Atila, buscando hacerlo cómplice de algo que él no comparte.

Por eso escribe que estos recuerdos le surgen en la cafetería del aeropuerto de Enduro, cuando en realidad, en esos momentos, se está lamentando de no haber aceptado los servicios sexuales de la muchacha. Mintiendo ha escrito: "Atila sigue ensimismado en sus recuerdos", pero en el bar de Montevideo le provoca una erección una prostituta brasileña que sólo vio menos de un minuto.

No importa. La energía sexual le permitirá seguir escribiendo y que esta historia se parezca más a la verdad. Debe contar algunos momentos de su vida en España, por eso la escena cuarenta y siete tiene como locación al apartamento de Atila en Barcelona, un día cualquiera.

En un apartamento más lujoso que el de Suecia están reunidos Víctor, Eloísa, Dante y Atila. Entra Carla y todos se acercan a recibirla y abrazarla, ha escrito cuando todavía estaba en Barcelona. Ahora debe corregir: recuerda que llegaron primero Darío y Beatriz, luego el negro Víctor con una joven muy atractiva y, finalmente, arribó Laura con una niña pequeña, que en el guión omitió por razones de presupuesto.

"Pilar le pregunta por su esposo. Carla responde que se ha quedado cuidando la niña, pero que es tan comprensivo que no ha puesto ningún reparo a su viaje."

Esta mentira le ha permitido dar una descripción del esposo de Laura que se oculta entre las fricciones de un diálogo poco amable entre los antiguos amigos.

"Víctor exclama que le parece raro porque no tenía esa imagen del tipo. Beatriz no se contiene y reprocha a Carla cómo pudo casarse con un oficial militar en plena dictadura. Ella se defiende diciendo que fue una atracción no prevista y que no manejaba racionalmente sus sentimientos. Dante interviene para acusar que le había sido muy oportuno el casamiento para poder terminar sus estudios sin tener que trabajar, justo cuando sus padres le comunicaron que no le podían dar más ayuda económica debido a las consecuencias de "la caída de la tablita". Beatriz no oculta su agresividad cuando le pregunta si estaba segura de que no había sido un torturador. Víctor interviene comentando que nunca se iba a saber porque habían votado una ley de impunidad. Atila hecha una puteada, exclamando que los hijos de puta no se iban a escapar porque se iban a juntar firmas para derogarla, que en Madrid era el mismo Onetti el que estaba organizando la comisión peo referéndum. Deja de hablar cuando advierte la expresión del rostro de Carla."

"Pilar interviene para pedirles que se sienten y que se sirvan algo para brindar."

Estas mentiras había escrito para ocultar que Laura les había contado una historia inverosímil. Como no le creyó, inventó algo que no la dejaba tan mal, pero tampoco la convertía en un personaje querible para el público.

Aquel diálogo nació cuando Laura les dijo que la niña era hija de alguien que había sido asesinado por su esposo en un centro de tortura, y que la única forma de salvarse y salvarla, había sido casarse con el asesino.

Hubo varios minutos de ominoso silencio, y nadie creyó la historia. Tampoco nadie quiso ponerla en duda públicamente. Pasados los primeros momentos de estupor, la inocencia de Pilar sobre los vericuetos de la política uruguaya permitió que se iniciaran otros diálogos.

Sin embargo, antes de regresar al país, Pilar le contó lo que Laura le había confiado.

El padre de la niña fue su pareja durante un año y ella recién supo que había sido oficial del ejército cuando ya estaba embarazada y él estaba amenazado de muerte.

Según Laura este oficial había participado en la famosa "tregua" que hubo entre militares y tupamaros antes del golpe de junio. Como resultado de esta actividad, el capitán había sido trasladado a una unidad perdida en un rincón remoto del país. Pasado el tiempo había pedido la baja y se había dedicado a actividades civiles. Laura contó que siempre aludía a un militar que quería "arruinarle la vida", pero no mencionaba que habían sido camaradas de armas.

En momentos clave de lo que se denominó "la apertura democrática", el ex oficial decidió que debía confiar algunas cosas que había descubierto a algunos políticos de izquierda en quienes confiaba. De esas revelaciones resultó su desaparición. Unos días después se encontró su cuerpo torturado, pero se explicó como una venganza entre narcos. Laura no supo la verdad hasta que el oficial con el que se casó se presentó en su apartamento y le explicó lo sucedido. Él sabía cosas que debió haber callado y la logia militar a la que él pertenecía había decidido ejecutarlo. Él se había encargado de interrogarlo personalmente. Por eso supo que tenía una novia embarazada y que, en nombre de su amistad, le había pedido que la cuidara. La única forma que se le ocurría de apoyarla era casándose con ella.

De todo este relato, Pilar había considerado inverosímil la "tregua" entre militares y guerrilleros.

TRECE

48) EXTERIOR– ASIENTOS FRENTE A UNA HELADERÍA – DÍA

Ernesto es interrumpido en sus cavilaciones por un hombre que se sienta a su lado y dice ser GIOVANNI. Le comunica que el "trompa" lo necesita para un viaje corto a Punta del Este. Ernesto responde que no irá, que no lo molesten más, y que no abrirá "la boca" para ellos. Giovanni se queda callado un momento. Después le dice que es una lástima y que se cuide mucho.

Atila se reprocha por no haber dicho la verdad en el caso de Laura. Sin embargo, haciendo una introspección genuina descubre que no han sido intereses emocionales, sino profesionales los que han intervenido: pensó que era una historia que resultaba demasiado hiperbólica para la presente película, y decidió que era mejor dejar la idea para un guión independiente.

Sin embargo, para explicar sus vínculos con Ernesto ha debido mentir descaradamente, pero no ha sido por razones personales, ni estéticas, sólo ha sido sano sentido común para evitar consecuencias jurídicas.

Ahora, pasado el momento álgido, ha llegado el momento de decir la verdad. Nadie puede suponer que haya una intención de dolo entre sus motivos.

Cuando estaba sentado ante la heladería acechando lo que hacía uno de mis personajes protagónicos, ocurrió que el mismo ingresó al bar donde bebía mi whisky y se sentó en una mesa contigua. Me distraje, no puedo decir en qué momento tomó su helado, y qué lo incitó a entrar al boliche.

Pidió un whisky, y cuando el mozo le preguntó por la marca le respondió:

— La misma que el señor – Señalándome, haciéndome pensar que hubiera debido pedir veneno, así el maldito reventaría antes de ponerse a molestar.

Atila miró hacia su vecino de mesa, primero disimuladamente y luego, descaradamente, hasta que la mirada penetrante del otro lo obligó a "bajar la vista".

Afortunadamente, antes de que su personaje se "metiera con él", como habían hecho los personajes de Unamuno, por ejemplo; ocurrió que la joven de la ruptura se sentó frente a Ernesto.

— Está todo preparado. Veo que me has hecho caso y no cometes más estupideces. – Antes de que siguiera hablando el joven la interrumpió con un gesto.

— Pará, no digas nada. Creo que el tipo de la mesa de al lado es un "ortiba". Es la cuarta o quinta vez que lo descubro espiándonos.

CATORCE

"49) INTERIOR — APARTAMENTO DE ATILA EN BARCELONA—DÍA

Atila enciende el televisor. Llama a Pilar para que se acerque a ver su última publicidad. Apronta una videocasetera de VHS. En las noticias están hablando de la muerte de Juan Carlos Onetti y Atila queda como hipnotizado ante la pantalla. Después hablan de las privatizaciones en Rusia. Atila acciona el control y la pantalla queda de color azul. Ella se acerca y lo besa. Le pregunta si recuerda qué aniversario se cumple ese día. Él arriesga: el día que se conocieron, o el día que tuvo su primera vez, o el día de su graduación. Pilar niega y le informa que han transcurrido tres años sin que necesitara consumir drogas. Ella sirve unas copas para celebrarlo. Atila le comunica que la muerte de Onetti lo afecta y su noche se ha poblado de sueños extraños.

Pilar le recuerda al boliviano Pedro Reynasa. Atila se queda callado, pero se ríe cuando advierte que la bebida de ella no tiene alcohol y bromea diciendo que una copita de vez en cuando no la va a convertir en alcohólica. Ella responde que prefiere no arriesgarse, porque no siente la necesidad. Prefiere un refresco. Suspenden la charla porque va comenzar la publicidad. En pantalla aparece un perro pequeño persiguiendo una pelota.

50) INTERIOR – CAFETERÍA DEL AEROPUERTO DE ENDURO – DÍA

Atila toma su copa y sacude la cabeza como si quisiera espantar sus recuerdos. Llama por el celular y trata de hablar con Carla. Lo atiende, ALEJANDRA, la hija, quien le pregunta si quiere hacer el amor y luego se ríe; le explica que su voz le hace suponer que debe ser muy atractivo, y que, aunque Woody Allen piense que es un derecho de los hombres, ella quiere demostrar que las mujeres también pueden "llevar la carga". Atila responde que no tiene prejuicios. Le pregunta si no siente asombro al tomar conciencia de la manera en que los valores respecto a los placeres sexuales son considerados. En España, relacionarse se dice "joder" y es algo que alguien le hace a otro. "Te jodí". El significado es "te lo hice", no "lo hicimos". Acá es "coger", que tiene el significado de "apoderarse" y sigue siendo una acción donde hay alguien activo y alguien pasivo. Atila pregunta retóricamente si es posible que la humanidad no haya asumido que el orgasmo en un logro compartido, y siempre es algo bueno, a lo que no habría que andar poniendo reparos ni reglas..Se siente la voz de Carla, quien grita que no quiere que le atienda su celular y menos cuando está drogada. La muchacha se ríe, pero luego Carla le quita el teléfono. Atila pregunta si "la barra" va a cumplir con la promesa de reunirse y si le han conseguido el cuento. Ella responde que están en campaña y que tienen una pista muy segura, que es un asunto de horas. Él pide disculpas por la insistencia pero le recuerda que el relato le ha hecho perder a las dos mujeres que más ha amado. Ella se ríe amargamente y le reprocha que, sin embargo, no fue impedimento para tener una aventurilla con "la loca" que hablaba portugués. Atila susurra que no le parece un momento adecuado para un comentario producto de los celos. Afirma que el daño que le produjo aquella confusión fue más allá de un fracaso amoroso: le quebró su firmeza ideológica. También le hizo perder la línea política, y le infringió una tremenda humillación creerse ganador de un concurso en el que ni siquiera se había presentado su obra. Atila cuelga y se queda pensativo.

51) INTERIOR — CASA DE BALNEARIO DE CARLA – NOCHE

El agente rubio, que evidencia algunos efectos del alcohol, le pregunta a Carla qué es lo que tiene el tal Atila que todas las mujeres se mueren por él. Ante la sorpresa de Carla, que grita "¿Quiénes son todas?", el agente se ríe y comienza a decir: la joven del auto blanco (Alejandra), la "señora de lentes" (Beatriz), la rubia "de grandes tetas", la pelirroja que parece una niña y ella misma. Carla retruca que ellos no saben el motivo por el que se van a encontrar. Les señala un sobre color manila y les dice que no dejen volar su imaginación. El latino toma el sobre indicado y se sienta a leer los papeles que saca del sobre.

52) INTERIOR — APARTAMENTO DE ATILA EN BARCELONA — DÍA

Pilar y Atila están sentados ante un televisor. En pantalla aparece alguien vestido de traje, como profesor universitario, y se dispone a dictar una conferencia. El actor dice que "Según Jean Paul Sartre los hombres no somos como arvejas en una lata, siempre tenemos algo que nos distingue y que elegimos qué es ser hombre cada vez que elegimos. Luego viene la botella de la marca que se publicita y que tiene que ver con el discurso, una botella que una bella chica utiliza para sustituir el agua que tiene delante el conferencista. Él le pregunta su opinión y ella contesta que es un asco que use un argumento que el filósofo empleara para condenar al capitalismo para inducir al consumismo de alcohol. Atila contesta que no entiende cómo piensa de ese modo si él está haciendo eso porque ella se lo sugirió. La mujer responde que no imaginaba que aquel mundo lo iba a atrapar de aquella forma y lo iba a transformar, que creía que iba a aprovechar el mundo editorial español para publicar esas cosas que escribía a escondidas y que nunca mostraba. Atila responde que de ese modo puede pagar el lujo en el que viven y el nivel de vida que llevan. Ella le comenta que no aguanta más y que está decidida a marcharse. Cuando él pregunta si hay otro hombre ella responde que no, pero que los habrá porque tiene pensado marcharse a iniciar esa militancia política de la que él tanto le había hablado. Quiere realizar el sueño que él había escrito en aquel cuento que iba a iniciar una revolución y nunca había sido publicado. Se irá a Grecia donde vive una vieja amiga que milita en un grupo de ultra izquierda que todavía cree en el socialismo y que considera que la caída de la URSS es una buena señal. La gota que desbordó el vaso fue la noticia de que Julio Lagos, el nicaragüense, desapareció después que ellos huyeron de su casa, y luego fue hallado con huellas de tortura, por lo cual se lo consideraba una víctima de la CIA. Atila lamenta esta infausta noticia y pregunta si él puede acompañarla. Pilar responde que no sería bueno porque ocurriría como con el empleo en publicidad: sería algo que él no haría por sí mismo sino por complacerla, pero que terminaría siendo un "converso" fanatizado y fundamentalista como ella nunca podría ser, todo porque no lo había elegido ni razonado independientemente.

53) INTERIOR — APARTAMENTO DE ATILA EN BARCELONA — DÍA

Horacio está de visita en el apartamento de Atila y éste le pregunta si ha leído el cuento de Nelson Marra. Ante la negativa, pregunta si alguien ha encontrado su cuento. Comenta que sigue escribiendo pero que nunca se anima a presentar nada para publicar. Le dice que le va a resumir cómo era la historia de "El guardaespaldas", 27 años después de haberla escrito.

54) INTERIOR— UN BAR DE MONTEVIDEO — NOCHE

Ernesto está tomando una cerveza con un amigo, Arce. Arce le dice que debería aceptar la propuesta, que si no la acepta le va a ir mal, que los tipos que están metidos en ese asunto no son ningunos angelitos. Él se niega y afirma que la "pasta" es algo muy grueso, que la "yerba" es algo que no hace nada, que él vende sólo para sobrevivir, no para hacerse rico, que prefiere, cuando puede, trabajar y no vivir de eso. En ese momento entra Giovanni sin que lo oigan. Giovanni no lo interrumpe y se coloca a sus espaldas, sin que Arce pueda verlo. El joven dice que los que hacen eso con la "pasta" son unos hijos de puta. Esa afirmación hace que Giovanni intervenga y le diga que no toleran que nadie les diga hijos de puta, que no estará obligado a decidir porque lo van a usar como ejemplo para todos los que se metan con "el club". Saca un arma de fuego. El joven reacciona rápidamente y, con un "corte" carcelario, hiere al maleante y huye. En el bar queda el cuerpo desangrándose.

55) INTERIOR — CASA DE CARLA – NOCHE

Víctor, Dante, Beatriz y Carla están reunidos en una sala de estar. El joven llamado HORACIO lee de unas páginas "entonces el guardaespaldas asesino gritó "Vivan las cadenas" mientras el pelotón disparaba, y después pregunta si les parece bien el argumento que ha inventado para iniciar el cuento. Ellos responden que parece verosímil y se ajusta a las ideas que Atila diera en su momento. Víctor y Dante deciden retirarse mientras Carla y Beatriz prefieren seguir charlando con Horacio. Le preguntan cómo fue cuando estuvo de visita en España y Horacio responde que eso le despertó la vocación.

56) INTERIOR — INTERIOR DE UN ÓMNIBUS — NOCHE

Dante y Víctor suben a un ómnibus. Junto a ellos suben Ernesto y Arce. No les prestan atención pero el guardaespaldas y su amigo, se sientan detrás de ellos donde es ostensible que pueden escucharlos. En su diálogo los amigos especulan sobre el dinero que puede traer Atila de España y lo que puede obtener de la venta de la herencia que debiera haber recibido si hubiera vuelto quince años antes. Ernesto y Arce se bajan del ómnibus al mismo tiempo que Dante. Ernesto se ocupa de mirar el número de la casa.

57) EXTERIOR— CALLES DE MONTEVIDEO—NOCHE

Cruzan la calle hasta la parada por la cual regresa la línea de ómnibus en la que viajaban. Toman un ómnibus de la misma.

58) EXTERIOR— CALLES DE MONTEVIDEO—NOCHE

Arce y Ernesto se bajan en la parada en la que coincidieron con Víctor y Dante. Ernesto dice que recuerda la casa de donde salieron los dos tipos que hablaban de mucha plata. En determinado momento el joven anuncia que la casa es la que está identificada por la placa de una doctora psiquiatra, pero que la persona de la que hablaban no era ella. Explica que hablaban de un tipo que venía de Europa con mucha "guita". Arce propone que tienen que quedarse a investigar, que van a necesitar ese dinero. Ernesto acepta y agrega que será la forma más fácil de conseguirlo, atacando a un tipo solo. Arce completa diciendo que por el momento deben buscar un refugio. Le propone que se escondan en un cercano edificio abandonado que quedó sin terminar y en el cual se refugian indigentes. Ernesto no responde porque se ha quedado pensativo.

59) INTERIOR – CASA DEL PADRE DE ERNESTO – DÍA (1995)

Es una casa más pobre que la anterior y desordenada como la de un hombre divorciado. El policía Acuña, cuando el hijo tiene quince y vuelve drogado, le entrega una lista de los libros que se ha pasado leyendo para entender la realidad y lo que hicieron en nuestra sociedad, quienes fueron y por qué. Le pide que investigue y deje de hacer idioteces como drogarse. El joven dice que se droga porque él nunca le prestó mucha atención por ocuparse de esas cosas, sus libros y las reuniones con sus amigos. El padre comenta que también pensó en él y le entrega un montón de cuadernos escritos, titulados "lo que mi hijo debe saber para ser un hombre". Cuando el padre le entrega sus apuntes y sus libros, le cuenta que una vez, después de años de leer La vida breve, tratando de entenderla y captar lo subversivo de la obra, le escribió a Onetti. Primero le respondió Dolly, diciéndole que no existía el tipo de subversión que Acuña esperaba encontrar en la obra de Onetti, que hay que entender la vida para leerlo y no leerlo para entender la vida, que el escritor trataba de entenderse a sí mismo y a sus sueños. Casi inmediatamente había recibido carta de Onetti, en la cual le aseguraba que podía explicarle por qué siempre ganan los malos, los violentos, que es porque, cuando pierden físicamente, es que han convertido a su enemigo en más violento y malvado que ellos. Acuña relata que la carta decía que eso no importa, que hay que luchar inteligentemente, pero que escribir no es una manera de hacer la revolución, es sólo una nueva forma de satisfacer los instintos religiosos auténticos, los que provoca la presencia y compañía de la muerte. Ernesto dice que no entiende nada, que entiende la realidad, pero no lo que su padre escribió ni los libros. Acuña comenta que eso creía él, pero esos libros le han abierto los ojos porque guardan el conocimiento de varios siglos. El hijo se aleja, el padre queda mirando los papeles.

60) INTERIOR — UNA OFICINA DE AGENCIA PUBLICITARIA— DÍA

En un escritorio está el joven Horacio, encargado de recuperar el cuento perdido de Atila. El joven comparte su oficina con un señor mayor que está escribiendo de espaldas. Le avisa a su padre, por medio del celular, que ya tiene casi pronto el guión, pero que hay un grupo de amigos que quiere filmarlo, si pueden esperar unos días. El padre dice que a él le parece bien, que le mande una copia del guión por si llega Atila, que consultará al grupo pero que sería muy bueno que pudieran tener un cortometraje.

61) INTERIOR — CASA DEL PROFESOR GORDILLO – DÍA

El profesor Gordillo, anciano, está sentado en su escritorio. Frente a él, en el lugar donde estuvo Atila, está Beatriz. El profesor se dirige a ella tratándola de hija y le pregunta sobre la veracidad del rumor que ha sentido del regreso de Atila. Ante la respuesta afirmativa toma la novela de Onetti, La vida breve, y queda unos momentos pensativo. Luego le dice que esa novela, el Ulises de Joyce y todos los tomos de En busca del tiempo perdido de Proust son para el muchacho Atila.

Beatriz le responde que no diga chocheras que van a creer que está senil, que nadie se va a morir.

62) INTERIOR – CASA DE CARLA – NOCHE

Están reunidos Dante, Carla y Víctor con Horacio. Ellos leen unas páginas impresas. Cuando terminan de leer asienten con la cabeza. Horacio les comunica que tiene que irse, que no puede esperar a que llegue Beatriz con Atila desde el aeropuerto. Les pide que le muestren el guión del cortometraje y que le consulten sobre si se parece al cuento. Si la respuesta es afirmativa, les indica que le avisen porque hay un amigo que lo convertirá en cuento en unas horas y lo pasará a máquina en una máquina de escribir de principios del siglo XX, sobre hojas que tienen sus años. Carla comenta que el padre le había dicho a Beatriz que sabía dónde podían buscar el cuento. Después agregó que no había sido una sabia decisión dejar que fuera a buscarlo "la putita esa" que tal vez no habían venido directo del aeropuerto y estaban en algún motel, que tal vez el padre era como la hija. Los otros dos se miran y Horacio se marcha.

63) INTERIOR – HALL DE UN CINE – NOCHE

Horacio Brausen se presenta a un grupo de personas que van a ingresar a la sala de espectáculos. Explica que usa el apellido de la madre como nombre artístico y les comenta a sus invitados que les va a mostrar el estreno de un corto de ficción que ha realizado. Los presenta entre ellos y son: Juan María Lagos, Elena Star, Juan Gris Díaz, Onetti, colega publicista. Se sientan a ver la película y comienza una escena en la que está el joven Atila.

64) INTERIOR – CASA DE CARLA – NOCHE

Están reunidos Dante, Carla, Beatriz y Víctor que leen unas páginas impresas. Víctor dice que recuerda cómo comenzó todo.

65) EXTERIOR– CALLES DE MONTEVIDEO – DÍA

Hay una manifestación de estudiantes. Al salir de la casa del profesor Gordillo el joven Atila cae alcanzado por un disparo y queda tendido, muerto, en la calle. La imagen se reduce a una pantalla de televisión en blanco y negro.

66) INTERIOR – CASA DE CARLA – NOCHE

Víctor apaga el televisor. Está reunido con Dante, Carla, y Beatriz. Carla dice que su esposo llegará y explicará todo lo ocurrido.

67) INTERIOR — OFICINA DE TELECOMUNICACIONES DEL ESTADO – DÍA

VÍCTOR, uniformado con una túnica, identificado como funcionario por un cartelito en el bolsillo con su nombre y cargo, deambula portando una taza de café entre un conjunto de escritorios dotados con computadoras de última generación y otros instrumentos tecnológicos relacionados con la comunicación. Sendos funcionarios ocupan los mismos sin prestarle atención, ocupados en sus tareas. En esos momentos suena su celular y, de sus palabras, se deduce que es una llamada de su hijo. Este le dice que alguien que mencionó el nombre de ATILA llamó al teléfono fijo de la casa desde Barcelona y quiere saber su número de celular. Víctor responde que se lo dé y cuelga. Suena de nuevo su celular: es la llamada de alguien que le anuncia que Atila se ha suicidado. El hombre suspira y pregunta susurrando, pero en forma audible: significa esto que la revolución nunca se produjo o es que recién comienza o es que tal vez no importa.

68) INTERIOR – CASA DE CARLA – NOCHE

Están reunidos Dante, Carla y Víctor, y leen unas páginas impresas. Terminan de leer y asienten con la cabeza. Llega Atila con Beatriz. Se abraza con Dante y con Víctor. Luego, demorándose más, con Carla. Toman champaña y brindan. Le agradecen que su regreso los haya reunido y luego quedan un momento en silencio. Víctor cuenta un sueño que tuvo: que Atila se había suicidado en Suecia y que todos se reencontraban en su entierro, pues enviaban una urna con sus cenizas. Dante rompe el clima fúnebre con un chiste: pregunta si el caballo de Fernando seguía todo sin pasto a su paso. Todos vuelven a reír y a celebrar. Comentan viejas anécdotas sobre las andanzas en Europa: el asado que se realiza en el patio de un bloque de apartamentos ahumando a todos los residentes y provocando sus iras. Ríen. En ese momento llega la hija de Carla con su padre, el militar retirado. Carla propone que la chica lleve a Fernando a la casa de balneario donde se va a alojar, para que descanse y que se reunirán al otro día.

69) INTERIOR — CASA DE BALNEARIO DE CARLA — NOCHE

Llegan a la casa. Alejandra, de unos veinticinco años, evidencia sus intenciones de seducir al recién llegado. Le pregunta cómo pudo lograr que su compañera abandonara el vicio de las drogas. Atila responde que aplicó una buena "terapia reichiana" y le provocó muchos orgasmos que cambiaron sus posibilidades de satisfacción sexual. Alejandra sonríe y le pide que le ayude a dejar la adicción. Se besan.

70) INTERIOR — CASA DE BALNEARIO DE CARLA — NOCHE

Carla está con los dos agentes. El agente latino le pregunta a Carla si le ha comunicado a su esposo sobre el contenido del sobre. Ella interroga a su vez sobre qué les importa a ellos su vida privada y lo que piensa su esposo. El agente rubio responde que a ellos les interesa que los compañeros que trabajan en las mismas empresas que ellos estén bien, y que sin su ayuda no hubieran podido estar donde están: a punto de concluir felizmente su misión.

71) INTERIOR — CASA DE BALNEARIO DE CARLA — DÍA

El publicista Atila despierta y Alejandra le alcanza una bandeja, diciendo que es el desayuno. Ella está semidesnuda, cubierta apenas con una bata muy corta. Comenta que está camino a una recuperación de su adicción. Él sonríe complacido. En ese momento la madre llama y le reprocha que no haya regresado a la casa porque ella necesita el auto. Alejandra pregunta para qué y Carla responde que debe ubicar urgente a Atila porque ha fallecido el padre de Beatriz, el profesor Gordillo y que todos van a encontrarse en la funeraria.

72) INTERIOR — CASA DE BALNEARIO DE CARLA — DÍA

Alejandra y Atila descienden del auto. Ella comenta que le extrañó que Beatriz no estuviera tan afectada como era de esperar. Atila supone que se debe a que era un desenlace previsible el hecho y que, dada la enfermedad del difunto, terminaba siendo un alivio para el finado y para la familia. Alejandra pregunta dónde se habían metido cuando todos los buscaban. Atila responde con un irónico "¿celosa?", al que ella contesta encogiéndose de hombros. Después Atila baja con una valija. Una vez en la casa, saca los libros que hay en su interior. Los nombra: el Ulises de Joyce, todos los tomos de En busca del tiempo perdido de Proust y La vida breve de Onetti. Al ver este último comenta que la promesa del profesor llegaba a los dos primeros, pero no tiene idea de por qué agregó el último.

73) INTERIOR — CASA DE BALNEARIO DE CARLA — DÍA

Escenas amorosas entre Alejandra y Atila.

74) INTERIOR — CASA DE BALNEARIO DE CARLA — DÍA

El publicista Atila, solo, se dedica a mirar los libros. Encuentra entonces el sobre con su cuento y lo lee. Al terminar la lectura afirma que ahora comprende el porqué de toda la historia. Entra Alejandra y Atila tira los papeles sobre la mesa exclamando "qué porquería, deberían haberme llevado preso por atentado contra el arte literario".

75) INTERIOR — CASA DE BALNEARIO DE CARLA — DÍA

Después de una escena muy romántica la muchacha recibe una llamada por el celular. Al colgar le cuenta a Atila que sus padres se han peleado y han decidido separarse. Por ello tiene que irse y devolverle el automóvil a su madre. Él le pide que lo lleve hasta "el centro".

76) INTERIOR — BAR DE MONTEVIDEO — DÍA

Atila y Carla conversan tomando sendos cafés. Ella le confiesa que ha decidido separarse porque le gustaría intentar algo con él. Atila confiesa que está sumamente confundido y que se siente así porque Alejandra se parece más al recuerdo que tenía, que ella misma. Carla le dice que él no puede intentar nada con su hija porque es demasiado viejo. Él le dice que habla como Roberto. Ella pregunta quién es y él responde que es Bob, pero que no importa. Carla le pide una oportunidad para rememorar, sin compromisos, y le propone una cita en la casa del balneario para cenar y hablar de los viejos tiempos y las promesas incumplidas. "a ver que resulta". Él acepta.

77) INTERIOR — CASA DE BALNEARIO DE CARLA — NOCHE

Carla y los agentes están sentados en el comedor de la casa. Uno de ellos bebe de una botella con *grappa*, y en la mesa hay otra vacía. Carla le advierte que puede tomar lo que quiera, pero si se atreve a tocar la botella de champagne le va a ir mal. El agente se ríe, trae la botella y la deja sobre la mesa. En ese momento se oyen ruidos en el exterior y salen. Se oyen ruidos de golpes y disparos. El agente anglosajón vuelve a entrar, pero cae al dar los primeros pasos. Detrás de él, portando sendas armas de fuego, ingresan Ernesto y Arce. Arce dice, siempre me hubiera gustado ser el que ejecutó a Mitrione, esto es como un sueño realizado. Carla se muestra asustada, como si tuviera un ataque de pánico (o histeria) y trata de atacar a Ernesto, acusándolo de delincuente, diciendo que los agentes eran unos tipos inofensivos. Ernesto tiene que defenderse de su agresión.

78) INTERIOR — CASA DE BALNEARIO DE CARLA — NOCHE

Atila ingresa a la casa. Ernesto y Arce están sentados a la mesa. Ernesto lo encañona y le ordena que se siente. Cuando lo hace le pide el dinero que ha traído de Europa. Atila se ríe y le comenta que no tiene mucho, que tiene un apartamento a la venta en Barcelona, un par de propiedades en Uruguay para vender, pero que no tiene "un mango" de efectivo. Le anuncia que entonces será una muerte inútil. Ernesto se lamenta de tener que eliminarlo porque su cuento "El guardaespaldas" está muy bien escrito, que es como si alguien hubiera adivinado las cosas importantes de su vida. Atila le acota que tal vez sea "la esencia de su vida". La conclusión de Ernesto es que la lectura le hizo sentir ganas de ingresar en algún grupo revolucionario y luchar por cambiar el mundo. Atila ríe y le pregunta dónde va a inscribirse para hacerlo, que a él también le gustaría. Aclara que no le tiene miedo a la muerte.

Después explica, para saber si ambos entendieron lo que él quiso decir, que su cuento relata la historia de un guardaespaldas que siente envidia de la forma en se miran unos enamorados y decide dedicar su vida a lograr que una mujer lo mire de esa forma, para sentir que en sus ojos se abre la misma mirada. Ante su silencio, Atila les cuenta que tuvo que exiliarse por causa de ese cuento. Narra su encuentro con personajes reales ocultos tras lo caracteres de obras de ficción y sostiene que no hay barreras entre esos mundos. Cuenta que un hombre de su edad le confesó que era el niño de "Los adioses", (novela de Onetti) quien le reveló que su padre era un comerciante de San José y que su madre se había enamorado de un basquetbolista que murió de cáncer. Agregó que sus padres se habían separado por eso. Según le decía su madre cuando estaba melancólica, aquel padre al que no recordaba había seducido a la hija del basquetbolista y se había pegado un tiro. En la novela de Onetti toda la historia era diferente, pero eso era porque el escritor quiso que la gente fuera más buena de lo que es. Arce lo interrumpe y explica que, debido a que han tenido que matar a la psiquiatra, no tienen más remedio que asesinarlo. Atila trata de verla pero ellos se lo impiden con violencia. Finalmente, se resigna y llora en silencio al ver en el dormitorio el cuerpo de Carla sobre la cama. Arce propone que lo maten enseguida, pero Ernesto quiere que esperen, que tal vez Atila les pueda dar una idea para conseguir plata. Atila, tratando de ganar tiempo, les cuenta que en "La vida breve" hay un personaje llamado Ernesto quien, acompañado por un cómplice llamado Arce, estranguló a una mujer llamada "Queca". Ernesto se sorprende y explica que esa novela había sido un libro muy importante en la vida de su padre y relata que había estudiado a Marx y a otros filósofos para tratar de entenderlo, y que no había podido. En ese momento Arce toma una copa de champagne y cae muerto instantáneamente. Ernesto trata de ayudarlo. Atila toma un arma de fuego y lo encañona. Ernesto no demuestra temor. Atila reconoce que Arce le ha salvado la vida, pues esa bebida estaba destinada a un brindis que le había prometido Carla, a la que, tal vez, debería apodar la Queca. Ernesto le señala un sobre y comenta que leyeron un diagnóstico médico de Carla que dictamina cáncer. Luego afirma que es la segunda vez que le han salvado la vida y le señala los cuerpos de los agentes debajo de la cama de la mujer, explicándole que eran agentes de contrainsurgencia contratados por el gobierno norteamericano para raptarlo o matarlo, acusándolo de terrorista. Atila dice que se ha dado cuenta de que quería ser un hombre heroico a través del heroísmo de sus personajes. Sin embargo, ahora quiere realmente ser héroe y revolucionario; que por eso llamará a la policía y no informará de su presencia en el lugar y, como están todos los detalles para que haya una explicación racional, no habrá muchas investigaciones, ni ADN, ni lo buscarán. Le pide que lleve el arma de uno de los agentes y la tire en alguna parte para que nadie se pregunte por qué había cuatro armas. Le entrega la pistola cargada y Ernesto la toma y lo mira porque Atila ya no le está apuntando. Atila dice que, si algún día le preguntan, que explique que lo dejó ir porque así lo escribió Onetti en aquella novela publicada en los cuarenta. También porque sentía que todo era su sueño realizado. Se miran, sonríen y Ernesto se va. No quedan rastros de las pisadas de Carla, y el viento borra rápidamente las que va dejando Ernesto. Comienzan los créditos.

79) INTERIOR – HALL DE UN CINE— NOCHE

Horacio Brausen sale con sus invitados de la sala de espectáculos al hall del cine. De su mano camina Alejandra y se han sumado al grupo algunas mujeres jóvenes. Le preguntan a Onetti qué le pareció la película, y no responde enseguida porque busca algo en sus bolsillos. Después contesta que es maravilloso cómo pueden exponer todos los hechos y decir con ellos la verdad, al revés que antes, cuando exponer los hechos era la forma más repugnante de mentir, y reitera que en sus tiempos no era posible porque las películas y la literatura estaban llenas de mentiras inevitables. Dice que sigue siendo valioso sacudir y despertar a la gente, aunque valga poco, pero es parte de la tarea que está en el sentido de la vida y el universo. Finalmente, explica por qué se revisa los bolsillos: siente que, después de ver la película de Brausen, aunque tiene todo en la billetera, no puede dejar de pensar que lo han robado.

Continúan los créditos.

QUINCE

Ernesto deja los papeles y no puede parar de reírse. Marcela tampoco. Atila los mira y no sabe si enorgullecerse o sentirse humillado por una posible burla.

Recuerda el momento en que, al ser aludido como un posible espía de la policía, se echó a reír y se sentó a la mesa de los jóvenes. Extrajo unos papeles del interior de un libro (era la novela "La vida breve") y se los mostró.

— Soy escritor – Les dijo, con aire de darse importancia – Estaba interesado en ustedes porque me he imaginado una historia interesante para novelarla y, si quieren, puedo compartirla. No se ofendan por lo que hacen los personajes, son mentiras que debe crear para mantener la atención del lector.

Los dos jóvenes se miran, se sonríen y se ponen a leer sin hacer reparos.

— Sería muy interesante si la realidad le copiara a la ficción y no a la inversa – dice en un momento la muchacha.

— No te adelantes – Responde Ernesto. Tal vez ocurra algo raro más adelante.

— Tienes razón – Dice Marcela, y mira a Atila con una mirada cargada de picardía. Por un momento, en vez de Atila, estuvo por escribir "Onetti", pero pudo salir del trance a tiempo y evitó el ridículo.

Los jóvenes no hablaron hasta que terminaron de leer el tratamiento de "Pisadas en la arena".

— ¿Esta película está siendo filmada? – Preguntó Marcela.

— No – Respondió Atila – Me hacen falta fondos.

— Me parece muy buena para ser uruguaya. – Interviene Ernesto – Veo que intenta ser una película de acción al estilo Hollywood.

— Existe mucho cine uruguayo muy bueno. – Protesta Atila.

— Es cierto. – Admite Ernesto. – Pero, a esa discusión, tendríamos que tenerla en otro momento. ¿No te parece que se nos hace tarde, Marcela?

— Tienes razón. – Marcela le sonríe a Atila, quien procura determinar el origen de su acento al pronunciar el castellano. ¿Sería centroamericana, mexicana o colombiana? La belleza de la muchacha no tiene un sello geográfico que la identifique, se dice Atila, e imagina que las miradas de ella están cargadas de promesas de pasión.

— ¿No quiere que lo arrimemos a alguna parte? – La pregunta de la muchacha lo sorprende, y le hace sentir culpable de sus pensamientos. – No estamos tan apurados como para no poder desviarnos unas cuadras, si es que vamos en la misma dirección.

— Voy para el este, para un balneario cercano – Atila responde sin que le importe la coincidencia con el relato. Marcela no puede resistirse a la tentación de hacérselo notar.

— ¡Qué bueno! Nosotros también vamos para ese lado. Podremos seguir conversando. Es más, podríamos ensayar como que este viaje es parte de su historia.

Atila no comenta estos dichos, pero no tiene la suficiente fuerza de voluntad como para desechar el viaje con ellos.

Antes de una hora están estacionando la cuatro por cuatro delante de la casa de Laura en el balneario. La anfitriona está en la puerta porque Atila le ha avisado de su llegada.

Atila ingresa en la casa y no le sorprende comprobar que hay una botella de champán y un par de copas. Tampoco le asombra que la pareja ingrese detrás de él. Sabe que la muchacha se llama Marcela Arce como si le hubiera visto la cédula.

Antes de sentarse y de servir las copas ha visto en uno de los espejos del mueble grande que sobresalen los pies de dos hombres caídos desde una puerta lateral del garaje.

— Salud para todo el mundo – exclama, levantando la copa que se ha servido.

Piensa que lo próximo que debería escribir es: funde a negro, pues no puede adivinar lo que sucederá.